想い出はいつも悲しい顔

Shion Mizuki
水木しおん

文芸社

目次

想い出はいつも悲しい顔

プロローグ

あなたが俯いていて、どうしようもない気持ちになった時に、この本を手に取り開いてくれるなら、私はとても嬉しく思います。

もしあなたが、何かに躓いたとしても、何かに裏切られたとしても、何も信じられない気持ちになったとしても、決してひとと向き合うことをやめないでください。誰かと向き合う前からそれを諦めないでください。すぐには分かり合えなくても、今日は雨だとしても、その雨がすぐにはやみそうにないとしても、いつかきっと晴れの日は来るから。いつかきっと、全身で青空を感じられる日が来るから。今日は駄目だとしても、明日が暗闇に見えても、先のことは誰にも分からないから。

本当のことは誰にも分からない。何が最善かなんて、誰にも分からない。誰にも決められない。今日まであなたの選んできたことは、そんなに悪くなかったはず。あなたが今日まで歩んできた道は、そんなに無駄ではなかったはず。あなたを取り巻く全ての要素は、そんなに無意味ではなかったはず。きっとあなたは、最善を選び歩もうとしてきたはずだから。その瞬間を、必死で生きてきたはずだから。生きてきたはずだから。
もう、後ろを振り返るのはやめにしよう。もう、あの頃の自分を責めるのはやめにしよう。もうこれ以上、ひとりで悲しみの中に沈むのはやめにしよう。

私は今、ひとり沈黙の時間を持つ。

「あなた」を思い、自分に傷つき、疲れ果てて、それでも涙が止まることはなく、それでも「あなた」が消えることはなく、もう取り戻せないほどに時はたち、私を置いて、何もかもが変わっていくのに、あの日からの私はどこへ向かっていたのだろう。

あなたに会いたい。
あなたに会いたい。

ただ、あなただけに会いたい。

けれど、この気持ちは、埋めるためにあるのか、殺すためにあるのか、閉じ込めるためにあるのか。この気持ちは、苦しみの素？　この気持ちは、悲しみの種？　この気持ちは、迷惑の理由？　私には、その答えが何ひとつ分からない。

もうやめにしよう。こんなことを、こんなふうに、繰り返し続けても、それは、私の独り言にしか過ぎないから。「あなた」に届けることもせず、誰かに縋《すが》ることもなく、いつまでも、ここでこうしているのなら、それは、私の独り言。それは永遠に、私の独り言の中にあるだけ……。私は涙を流しながら、心を凍らせる術を知った。私は、「あなた」への切なさの中で、感覚を麻痺させることを覚えた。

けれどそれらは、私を救う術ではなく、心を溶かす方法でもない。そして、この涙はいつまでたっても、乾くことを知らない。心はもうずっと乾いたままなのに、気持ちにはもうとうに蓋をしたはずなのに……。

私は、運命に邪魔をされて、こうして悲しくひとりでいるのではなく、こうしていることを自ら選んできたのだということを忘れてはいけない。私は、私の意志で、「あなた」と向き合うことから逃げ、素直になることから逃げ、期待することから逃げ、そうやって、全てから逃げてきた。そして、今なお、逃げている。逃げても逃げても消えない思いと共に、諦めても諦めても諦めきれない「あなた」を抱いて、独り言にしかできないままに、未だにここでこうしている。それが今日までの私の事実で、それ以上の私も、それ以下の私も、ここにはない。まとまりのない私は、まとまらない気持ちを、まとまらないままに、この日々の中で抱き続ける。このまとまりのないモノたちが、いつでも私を悩ませ、私を苦しめ、私はいつでも途方に暮れる。

けれど、そんな日々を幾つ越えても、未だに私には確かなことなど、何ひとつ分からない。そして、何のためにこんな日々を繰り返しているのかと、自分自身に問いたくなる。けれど、それでも何ひとつ分かりそうもない。そして、今日もまた、そんなことを繰り返している自分に嫌気さえ覚えている。友達はみんな、次々と新しい誰かと歩んでいくのに。全てを美しい思い出にしていくのに……。私はそれを選ぼうとしない。今なお、それが選べない。私にはまだ、そうすることが「あなた」を忘れようとする行為に近いから。私はあの日から、そんなことばかりを繰り返している。

だからこそ今、まとまらない日々のために、私はここに書こうと思う。まとまらない私のために、私はまとまらないモノたちから、何かを見出そうと思う。いつかこれが、まとまらない気持ちのお墓となるかもしれない。いつかこれが、まとまらない私の原動力となるかもしれない。今は、その「いつか」がいつ訪れるのか、そしてそれが、どんな「いつか」なのか、何ひとつ分からないけれど、これはきっと私の証となるだろう。今ここにいる私の証となるだろう。

そして、これを書き終える時、私は初めて、自分で自分の背中を押すことができるのかもしれない。たとえそれが、滑稽に映るとしても。たとえそれが、深い深い悲しみの色を帯びるとしても。それでも、私は何かを見出したい。それでも私は、私の答えを探したい。私を知る誰かでなく、私の愛する「あなた」でもなく、他の誰のものでもない、私の答えを探りたい。踠《もが》きながら、震えながら、蹲《うずくま》りながら、それでも、私は私でしかないから。私は私の声に耳を傾け続けるだろう。不確かな私の輪郭を追い続けるだろう。

これは私自身のための本であり、あなた自身のための本であることを願います。
私はこれを私の中の「彼」と「あなた」に捧げます。
いつかこれが「あなた」の元に届きますように……。

この本は、主として「私」「あなた」「彼」の三人の人物で構成されています。「彼」を失い、「あなた」と出会った「私」の記録です。この本を読まれるあなたが、この本を通して自分の中の「私」「あなた」「彼」を見出されること、想い出や面影の存在に気づかれること、愛しさに触れられることを心から願います。

停止の中

きっと、私は泣いてしまう。何度も何度も、苦しいと弱くなるだろう。その苦しさも込みで、生きているということかもしれない。

生きていても、死んでいた私は、その苦しささえも感じることなどなかったから。あなたに出会い、初めて生まれた私は、あなたの隣で、いつしか生まれた自分を殺し、あなたの元を離れた。ひとと繋がろうとすること、それ自体が、私には違和感だった。あなたの元を離れれば、生きながら死んでいた頃の自分に戻れるのだと思った。ただそこに帰ることができるのだと思った。この息苦しさやもどかしさから逃れられると思った。希望や光など持ち得ないけれど、無機質でいられた頃を思い出した。けれど、あなたから離れた私は、全く違った私として生きなければならなかった。終わりの見えない私を、生きなければならなかった。私はもう、死ぬことも生きることも選べなくなってしまった。自分の気持ちを殺すこともできずに、吐き出すこともできずに、私は私のやり場に困っている……。

私は今日まで、あなたを忘れたことはありません。あの頃のように、激しく感情的にあなたを愛するようには映らないけれど、「どうしてもあなたの傍にいたい」と詰め寄ることはできないけれど、深く、深く、ただ静かにゆっくりと穏やかな気持ちで、遠く離れてあなたを想っています。もしかすると、遠く離れてしまった今のほうが、私はあなたの傍にいるのかもしれない。今になってやっと、あなたを強く感じているのかもしれない。今になってやっと、実感として……。私は、あなたに気づくのかもしれない。

今日もまた、あなたが笑っていたらいいなと思う。
今日もまた、あなたがあなたならいいなと思う。
今日もまた、あなたが私の笑顔の理由ならいいなと思う。

晴れた日の朝、自転車でいつもの道を行く。澄みきった空を仰ぎ、桜の木の下で木洩れ日に目を細める。鼻から大きく息を吸い込み、勢いよくペダルをこぐ。目を閉じてみる。青や緑や透明や、いろんな匂いを感じながら、私の口角は、自然と上がる。いつになく気分がいい。いつになく心が透き通る。いつになく愛しいこんな時間。

そして、そんな時の私は、木洩れ日の下で、いつになく、あなたを強く強く感じるのだった。ここにいるのは、昨日と変わらない私で、きっと明日もこんな私で、そんな私の隣にはもうずっと前から、あなたはいないけれど。ふたりの時間は別々だけれど。ひとりここであなたを思えば、何となく、ただ何となく、いいなと思う。この瞬間が愛しくなる。ひとりの時さえ嬉しくなる。ただそれだけでいっぱいになる。ただそれだけで私の心は満ち足りる。けれど、それだけでしか私の心は満ち足りなくて、私は柔らかな時の中で、軟らかな自分に気づく。そんな軟らかさは痛々しい傷のように、私の心に何かを訴える。時には、癒えぬ痛みを思い出させるかのように、不意に誰かが私の名前を呼ぶように……。それは、鎮まったはずの心の水面に、大きく、小さく波紋を描く。そんな時を幾つも越えて、そんな気持ちを幾度も抱いて、私は未だに、あなたから離れられずにいる。私はもう、完全にひとりであるというのに……。
目を閉じても、あなたは消えない。耳を澄ましても、あなたの声はない。

この木の下をくぐり抜ける私は、いつも笑っているわけではない。私の前にある現実は、おとぎ話や夢物語のように、きらきら輝いた時間ばかりではない。そんなことには、もう十分に気づいている。全てのことを、もう十分に諦めたつもりでいる。誰かに見て欲しくて泣くのではない。誰かに救いを求めて蹲るのでもない。この気持ちを、どこかに放り投げられるとも思わない。けれど、私は、そんなに強くはないから、精一杯強いふりをして、ひとり、涙の時間を持つ。ひとを想うということを、こんなにも負担にしてしまうのは、なぜなんだろう。

あなたは、こんな私を理解できないのかもしれない。
こんな私を忘れ去っているのかもしれない……。

私のこの涙の先には、いつでもあなたがいて、私のこの笑顔の先には、いつでもあなたがいる。私のこの希望の先にも、この失望の先にも、苦しさの先にも、切なさの先にも、いつでもあなたは私の隣にいて、いつでもあなたは私の中にいる。あなたと離れているからこそ、こんなにも穏やかな気持ちで、私は私の中のあなたを思っていられるのだろうか。あなたの現実を知らないからこそ、こんなに柔らかな気持ちで、私はあなたを感じていられるのだろうか。「あなたが幸せならいいな」なんて、笑顔のあなたを想定しているからこそ、言えるのだろうか。

あなたはどうしているのだろう。私と同じならいいなと、少し期待する私がいる。たまには私を想い出し、懐かしさの中に舞い戻るのかなと期待してみる私がいる。そんなことが私の精一杯だった。そんな期待が、私の精一杯だった。私は、それ以上望んではいけない気がしていた。私は、それ以上求めてはいけない気がしていた。あなたと離れてからの私は、あなたを裏切ってからの私は、ずっとそんなふうに生きてきた。あなたに、届くことはないけれど。あなたに、響くことはないけれど。私の感覚はいつでもあなたに向いていて、いつでもあなたを探している。けれど、私が悪いから。けれど、私のせいだから。私は、それ以上望んではいけない気がしていた。私は、それ以上求めてはいけない気がしていた。

「仕方ないね」

私はいつだって、こうやって慰めてきたじゃない。私は何だって、こうやって諦めてきたじゃない。諦めることに、慰めることに、もう十分に慣れているはずでしょう。目を瞑《つむ》ることが、黙り込むことが、何よりも得意なはずでしょう。目を閉じて、心を閉じて、自分を閉じて、全て消してしまえばいい。いつものように、いつものように、全て消し去ってしまえばいい……。

それなのに、どうして？　どうして、あなたは私の中から消えてくれないの？　いつでもあなたは、私の心を動かす動機で、いつまでたっても、あなた以外に心を開こうとしない私がいる。あなたに出会うまでの私は、誰に心を動かすこともなく、誰に心を開くこともなかった。それが、当たり前で、私はそれ以外を知らなかった。けれど、それ以外を知ってしまった今、私の中のあなたをこんなにも持て余してしまう私は、いったいどうすればいいのだろう。
けれど、誰を責めようもないことを、私は十分に知っている。こうなってしまったのは、他の誰のせいでもなく、私が選択してきたことの結果でしかないから。私は、私のしてきたことの責任を取るより他にない。誰を責めようもなく、何に期待しようもない。私はただ、選択の先のこの事実を受け入れるしかない。

お前が俺を裏切った
そこで全てが終わったんだ
逃げ出したことの代償は　計り知れず
埋められぬ溝は　こんなにも深く
私の中のあなたは　何よりも大きく
責任を取るより他に道はなく
責任の取れぬ私は　わがままに君を想う

これが届かぬ思いなら、記憶ごと消し去りたい。これが叶わぬ願いなら、想い出ごと消して欲しい。あなたごと、私ごと、なくしてしまいたい。あなたを消すということは、それ自体、私を消すということに等しい。

そんなふうに、ひとりの私は思うのだった。あなたは、こんな私を理解できないのかもしれない。こんな私を忘れ去っているのかもしれない。

私はどうすればいい？

あなたのために、私は何ができる？

私はどこにたどり着くの？

こうして私は、あなたを思うふりをして、いつだって自分のことばかり考えている。なぜ、私ばかりがこんなにも苦しいのかと、心の底では自分に味方している。

少しでも傷つくまいと
少しでも悲しむまいと
少しでも憐れまれまいと
高過ぎるプライドの下　厚過ぎる自己防衛の壁の内

私はここでいじけている
自分を責めるふりをして
本当は自分以外の何かを責め続けている

彼と私

ヒカリマンション３０２号室。私がここを初めて訪れてから、もう何年になるだろうか。あの頃の私はまだ、ここに「戻る」でも、ここに「いる」でも、ここから「離れられない」でもなく、ただ純粋な気持ちでここを「訪れ」、多くの時間をここで過ごした。そして、この彼の部屋は、いつしかふたりの部屋になり、二つのマグカップ、ふたり分の食器、二本の歯ブラシ……と、この部屋にあるもの全てがふたり分になった。どこにでもありそうな、こんな光景の中にいることがとても嬉しかった。とても愛しかった。八畳の部屋と小さなキッチン、別々のトイレとバス。ここでふたりは多くの時間を過ごした。他愛もない会話をするふたり、子供のようにじゃれ合うふたり、静かに慰め合うふたり……。

次から次へと頭の中に思い出される映像は、どれも懐かしい瞬間ばかりで、私はいつも言いようのない透き通った感覚になる。確かにあの瞬間、私たちはここにふたり寄り添っていたのだと感じる。私の中の、愛しい思い出。私の中の唯一の思い出。愛しいという感情。だからこそ、この映像たちは、今なお強く私の胸を締めつける。今なお深く、私の心を傷つける。ふたりは駆け引きをする必要がなかった。互いの本心を探る必要がなかった。気持ちにブレーキをかける必要がなかった。私は、どんな彼でも受け入れたし、彼もきっとそうだった。そんな関係が当たり前にあったから、私は感謝するのを忘れていた気がする。全てのことが、私のために、私の手の中にあるかのような気になっていた。

決して広くはないこの部屋が、寄り添うふたりにとっては十分な空間だった。ひとり残された今となっては、このたった八畳が広過ぎるのだけれど……。広くなったこの部屋で感じるこの喪失感は、私の隣に彼を感じられないせいだろうか。頭を撫でてくれたあの大きな手も、大好きだった腕枕も、広い背中も、今はもう何もないから……。それとも、ふたり分の荷物がひとり分になったせいだろうか。彼の飾っていたたくさんのミニチュアカーも、毎朝眠たそうな顔で動かしていたハブラシも、少し汚れた大きな靴も、彼のものは全てなくなってしまった。ここにはもう、何もない。こここにいるのは私ひとり。愛しい思い出の中に埋もれ続ける私ひとり。ただそれだけ。ここにはもう、それ以外何もない。

あの頃の私は幸せ過ぎた。だから、手に入れた幸せを失ってしまった今、こんなにも孤独を感じてしまう。彼と出会った瞬間から、この孤独を背負っていたのだろうか、と今になって思う。もっと早くそれに気づいて、もっともっと努力していれば、なんて思ってもみた。そうすれば、少しは長くあの幸せに浸っていられたかもしれないと。

ああ、こんなこと、もうどうでもいいか。考えれば考えるほど、ひとりだという実感が強くなるだけだから。けれど、この部屋にいると、そんなことばかりが頭の中に浮かんでは消えて、ぐるぐると回り続けてしまう。それでもやっぱり、私にはここしかないから。ここが全てだから。仕方がない。もう決してふたりには戻れないと分かっているのだけれど。本当はここではないと気づいているのだけれど。それでも、もう決してここから離れられない気がする。戻れない時間と戻らない彼を思い出しながら、それでも遠く離れたあなたを想い、あなたを求め、私はここにいるしかない。ひとりこうしているしかない。決してもう、期待などしない……。私はひとり、ここにいる。私は、「ここ」を、そして「ひとり」を選び続ける。それが、何の意味もなさず、何も生み出さない行為であると分かっていても……。私にはそうすることしかできないから……。

もう、疲れてしまった。何もかも、嫌になった。ただ、涙が止まらない。また、涙が止まらない。けれどこの涙もまた、彼への涙ではなく、紛れもなくあなたへの涙で、私の中のあなたはいつまでたっても消えてくれなかった。

「失う」とはどういうことですか
彼を「亡くす」ことですか
あなたを「無くす」ことですか
悲しむべきはどちらですか
悲しいのはどちらですか

先に死んでしまう人は狡《ずる》い。人は亡くなってしまった瞬間、唯であり、貴であり、美となるから。あんなにも自分勝手で、わがままで、無責任で、大人気《おとなげ》なかった人なのに……。こんなにもきれいな存在になって、皆の心の中にいる。彼は約束の時間によく遅れたし、記念日も忘れてしまう。私はいつも彼の予定に合わせていた。彼は決して人に合わせようとしない人だった。それに、彼は自分に都合が悪くなるとすぐ黙り込んだし、彼が悪い時でも決して謝らなかった。

それから……。それから……。彼のお葬式の席で私はこんなことばかり考えていた。こんな席でこんなことを考えるなんて、不謹慎かもしれないけれど、それでも私はできるだけ彼の欠点を探したかった。できるだけ彼を悪者にしたかった。

彼は狡い。最後まで狡い。何も告げずに、彼は突然死んでしまった。私に何の余裕も与えないで、死んでしまった。私は涙ひとつ流せなかった。別れを惜しみ涙する友人たちの中で、私はひとり取り残されたかのようだった。きっとこんな時は涙を流すべきなのだろうという義務感の中で、とても冷静で客観的な自分を感じた。私の涙は、私の心は、何だか乾ききっているようだった。自分があまりにも冷たい人間のようで、けれどそこにはどうしても、ただそんな私しかいなかった。彼は突然死んでしまった。私に何の余裕も与えないで。

でも、だからこそ、私はずっと、彼を忘れられずにいるのかもしれない。ふたり、別の別れ方をしていたなら、ふたりの想い出もいくらか霞んでくれていたかもしれない。彼は突然死んでしまった。でも、だからこそ今では、あの自分勝手さも、わがままも、無責任さも、大人気なささえも、全て懐かしさと共に思い出すことができる。どんな小さなことでも、どんなに私を悩ませたことでも、彼をつくる全ての要素が今は懐かしくて堪らない。今なら彼の全てを無条件に許してしまうだろう。それは、愛ではないけれど。この孤独を知った今なら、ただ傍にいてくれるだけで十分。隣を埋めてくれるだけで十分。でも、もう遅過ぎる。もう、ここに彼はいないのだから。もう、彼は戻らないのだから。もう二度とふたりにはなれないのだから。私は、ひとりなのだから。私はどうしてもひとりなのだから。だから、もう遅過ぎる。もう、何もない。ここにはもう、何もない。

寒い冬のあの夜、彼は私の前から永遠に消えてなくなってしまった。私を置いてどこか遠くへ行ってしまった。それは突然ともいえるし、ずっと前から決まっていたようにも思える。どちらだとしても、今私の前にあるのは、「彼が死んでしまった」という事実だけ。引っ越して遠く離れてしまったのと同じだと、自分に言い聞かせてみたけれど、虚しいだけだった。「またいつでも会える」なんて嘘。「いつも見守っていてくれる」なんて気休めにしか過ぎない。彼は死んでしまった。もう二度と戻ってこない。私を残して死んでしまった。それが事実だ。それが全てだ。そんな事実を、涙ひとつ流さないで受け止める。そんな自分が、少し怖かった。けれど、そんな自分が一番自分らしかった。

裏切られたなんて思うのは
彼を信じたからではなく
彼を愛しきれなかったから……

なぜ彼は死んでしまったのだろう。それが彼の変えられない運命だったのなら、それ以上のことはどんなに考えても何もないのかもしれない。「彼のことは思い出さなくていいよ」と多くの友人が慰めてくれる。「死んでしまった彼を思い出すのは私にとって辛いこと、悲しいことだろうから」と私を気遣ってくれる。私の前では、誰ひとり彼の話をしない。何ひとつ彼の欠片《かけら》を見せない。周囲のひとたちのそんな思いやりは本当にありがたい。本当に心から感謝している。

けれど私の本心を言えば、私は彼を思い出すことでしか、私を支えられなかった。ここにいて、体いっぱいで彼との思い出の中に沈んでいく瞬間にだけ、安らぎを感じられた。現実を受け止めるには脆《もろ》過ぎて、現実と切り離されていることが救いだった。彼との思い出を失うことは、安らぐ場所を失うこと。彼と過ごした穏やかな時間。それが温かい私の欠片だった。私はそれなしでは生きていけそうにない。

私は心のシャッターを閉めてしまっているのかもしれない。もう二度と開くことのないシャッターを閉め、自分の中の思い出だけを糧にして、現実と距離を置いて、ここに閉じ籠っているのかもしれない。他人と繋がり合うということが分からなくなった。他人に依存するのが怖い。他人に期待するのが怖い。これから先、もう二度と他人を愛せない気がする。

いや、彼が生きていた時も、ちゃんと彼を愛せていたのか。今となっては自信が持てない。彼以外の誰かでもいい。私はひとを愛し得る人間なのだろうか。そして、愛され得る人間なのだろうか。ひとに依存してしまうのが怖い。他人に期待してしまうのが怖い。私はもう二度とひとと繋がり合えない気がする。いや二度とではなく、一度だって繋がることなんてできていないのかもしれない。

そして、そんな気がした後すぐに、生きていた彼はいつからそんなふうに思っていたのだろうかと気になった。彼を失って初めて得たこの感情を、生前の彼はいつから持ち続けていたのだろうか、と。

彼の死は、私にたくさんの疑問を残した。彼が死んでしまったのは、新年を迎えてしばらくたった、一月半ばのとても寒い夜だった。

彼と私が別れて二年後、もう一度この部屋でふたり、いくらかの時を過ごし、再び彼がここを出ていってから、もう一年近くたっていた。その日、私はいつもと同じように友人と食事を済ませた後、独り暮らしの家に帰り、お風呂で体を温め、炬燵《こたつ》でテレビを見ながら洗濯物をたたんだ。そして、そろそろベッドに入ろうかと思いつつ、暖かい炬燵をなかなか抜け出せずにいた。時計の針はもう午前三時になろうとしていた。そんな時だった。鞄の中の携帯電話がブルブル震えて音を鳴らし、私を呼んだ。炬燵からでは携帯の入った鞄に手が届かないから、一瞬、電話に出るのを躊躇った。けれど、電話がすぐには鳴りやまなかったから、しぶしぶ炬燵を出て鞄の中を探り、電話に出た。

その電話は学生時代の友人からだった。その友人と私は中学からの長い付き合いで、たまに連絡を取り合っては飲みにいくような幼なじみだった。お互いに相手をまるで異性として見ない気楽な関係。長い付き合いなので、もちろん友人は、彼のことも知っている。というよりも、むしろ友人と彼が知り合いだったから、私も彼と知り合ったのだ。もしかしたら、幼なじみの友人は私よりももっと、彼を知っている人間かもしれない。友人は電話の向こうで何だかとても慌てた様子だった。「落ち着いて聞け」と私に何度も言いながら、友人自身がすっかり落ち着きをなくしていた。そして、ひと呼吸おくと、ゆっくり話を切り出した。話によると、この電話の三時間前に、彼が死んでしまったらしい。それも自殺で。突然の自殺で……。

この電話の四時間前、私の携帯には、公衆電話からの不在着信が一件入っていた。彼が突然この部屋を去り三ヶ月が過ぎた頃から、彼はたまに電話をかけてくるようになった。朝の場合もあれば昼の場合もあり、夜中でも明け方でもおかまいなしだった。本当に気まぐれな、彼らしい電話だった。何ということもない内容の会話。あの日からの彼と私に最もお似合いの距離感だった。

そんな彼からの電話はある時を境に、いつも公衆電話からになった。こんな時代に、どうしてわざわざ公衆電話からかけるのかと、いつも疑問に思ったけれど、彼を真剣に問いただしたことはなかった。自分から誰かに電話をかけるような人ではない彼が、私に電話をかけてきたことが、ただ単純に嬉しかった。それがひとつの理由。そして、彼の理由と彼への疑問に、今さら執着する必要性を感じなかった私。それが、もうひとつの理由。なぜ、変わってしまったのか。なぜ、ここを出て行ったのか。どこでどうしているのか。そして今、電話をかけてくる理由。ふたりには、互いに対する疑問かそれに近しいものたちがたくさんあったけれど、あの日からの二人はいつでもこうして執着しなかった。そしてふたりの間のこんな事実が、少しも苦しくはなかった。ふたりはどうしても「遠い」それが暗黙の了解であるかのように、ふたりの関係を見事に成立させていた。相手に対する不安や期待、切なさや愛しさ、そんな脆さが少しもなかった。それは深く深く愛し合う恋人たちの繋がりよりも、永く確固としたものだったかもしれない。「無味無臭を好むなら」という条件付きの話ではあるけれども。

あの日の着信が誰からだったのか。本当のところは今でも分からないけれど、私は彼からの電話だったように思う。彼からの最後の電話だったように思う。私の勝手な過信でも構わない。きっとあれは彼からの電話だったに違いない。私はそれに応えられなかったけれど、彼は最後に、私に何かを求めたのだろうか。彼が最後に、話したかった相手は他の誰でもない、この私だったのだろうか。そう考えると、私は少しほっとする。少しだけ満たされる。自分の存在意義を少し見出せたような気持ちになる。また少しだけ、頑張れそうな気がする。彼の死から、何かを得るなんて……。彼を失って、こんな安らぎを得るなんて……。私は、どこまでも残酷で、誰よりも冷たい心の持ち主だと思った。

彼が私を求めたのは、私が愛しかったせいではないかもしれない。

そして私はまた、彼との思い出の中に沈んでいく。安らぎを帯びた深く悲しい孤独の中に、ひとり静かに沈んでいく。

忘れられない日 ～彼と私の再会～

あの日、私は初めて知った。彼の中の彼自身を。彼はとても寂しそうで悲しそうで……。私は彼を満たす言葉を見つけられずにいた。私はずっと、本当の彼を知りたかったのかもしれない。また、彼に知って欲しかったのかもしれない。いや、もっと貪欲に、ふたりは知り合いたかったのかもしれない。こんなにも彼の近くにいるのに、ふたりの距離が今日はとても遠く感じてしまう。それは、あれからふたりが別々に過ごした二年という時間のせいかもしれない。ふたりが別れてから今日まで、お互いの知らない多くの時間をそれぞれが持ってきただろうから。ふたりが付き合っていた頃も、彼は私にこんな顔をしていたのだろうか。あの頃も、こんな表情で私に何か語りかけたことがあったのだろうか。

こんなふうに考え始めると、次から次へと疑問がまた別の疑問を連れてくる。彼が私の「彼氏」で、私が彼の「彼女」だった頃に感じていた「二人の繋がり」とは、何なのだろう。いったい、ふたりはどうやって繋がっていたのだろう。あの頃と今との間に、どんな違いがあるのだろう。考えれば考えるほど、本当にふたりは繋がっていたのか、確信が持てなくなる。

　こんなにも寂しく悲しい彼に、今までずっと気づけなかったのだとしたら、私の信じてきたもの全てを疑いそうになる。ふたりは満たされていたなんて、私の勝手な幻想に過ぎないのだろうか、と。彼のために優しい言葉ひとつかけられない私は、彼のために優しい涙ひとつ流してあげられない私は、誰よりも残酷で、冷たい心の持ち主だと思った。そして彼は、私のそんな冷たさを知っていて、知っているからこそ、私の前でこんな顔をするのだろうか。目線を合わせることもなく、ただ黙ってひとり悲しい顔をする。私が隣にいるから、ひとりではない。けれど彼は、どうしようもなく独りだった。私が彼といても独りであるように、彼はどうしようもなく独りだった。ふたりの間には、そんな事実が当然のように横たわっていた。

　彼は変わってしまった。彼は、何に対しても無関心で、無感情で、無抵抗になっていた。私の知っている以前の彼は、今と変わらず無口だったが、内に何かを秘めているようで、どこか人を惹きつける力があった。生気が漲《みなぎ》っていたというわけではないが、今のような無気力感はなかった。軽さの中にしっかりとした存在感を持つ、それが以前の彼だった。確かに彼はどこか掴みどころがなくて、形容しがたい軽さと儚さを持っていた。時々何を考えているのか分からなかったし、自分から考えを口に出すことも少なかった。沈黙の多い人だった。けれど、それが全く不快ではなかったし、むしろそれが彼の魅力のひとつとなって、周囲の人間の気を惹き、私の心を惹きつけていたように思う。

今の彼の変化を大きく感じてしまうのは、私が彼に対してまだいくらか特別な感情を持っている証拠なのだろうか。私には、その答えが全く分からなかった。そして、今でも分からない。

けれど、「今日の彼はどこか違う」、そう感じた。それだけは確かだった。どうしても、それだけは確かだった。

あの日、彼は静かに言った。遠くをじっと見つめたまま、ただ静かにこう言った。

「もう何も考えたくない。何かに縛られたり囚われたりして、自分の感情が浮いたり沈んだりするのに耐えられない。僕は、とても弱い人間だから。そうやって自分を守るしかない。何にも動かされない心が欲しい。他に何もいらない。もう、ずっとひとりでいい」

それは彼の本心であったし、ありのままであった。そんな彼の姿を、私にだけ見せる一面なのだと思う時、私は堪らなく心地よい気分になった。自分が特別な存在である気がして嬉しかった。気持ちが、ふうっと浮いていくような感覚。これを、他人は優越感と呼ぶのかもしれない。こうやって私は、いつでも自分の存在意義を外に求めた。自分を内に見出せない虚しさをそんなふうに紛らわせた。

しかし同時にそれは、私の勝手な期待を打ち砕くものでもあった気がする。今思えば、これが最初の失望だった。あの時、私は彼を救おうなどと考えていたのだろうか。または、彼を救うことで自らを救いたかったのだろうか。暗い闇の中に消えてしまいそうな彼を、自分と重ねていたのだろうか。彼を救うことができるのは私しかいない、そんなふうに思っていた気がする。けれど彼は、私に助けなど求めなかった。彼は誰に対しても救いなど求めたりしない。きっと彼は、誰に対しても何に対しても期待などしない。自分自身に対してすら期待などしない。他人に何かを伝えようなんて思わない。もちろん、私に対しても例外なく、期待などしない……。

それが最初の失望だった。この時、初めて、彼と私は他人なのだと思った。どうしても、ただの他人なのだと思った。

あの日、私は思っていた。「彼といると落ち着ける。それは好きだとかいう感情の中のものなのか、外のものなのか、私には分からない。ただ落ち着ける。私たちは、ふたり寄り添っているべきではないだろうか」と。それは私の本心であったし、ありのままであった。しかしこの本心を口に出し、彼に告げてしまう時、その本心はいくらかの期待へと変わってしまう。報われることのない、満たされぬ期待へと変わってしまう。だから私は言わなかった。言えなかった。あの頃の私はまだ、いくらかの期待を持っていたかったから……。私たちは他人を愛し得る人間なのだ、と期待して目を瞑っていたかったから。私にはまだ、悲しい真実を受け入れるだけの強さがなかった。

だから私は、この本心を告げる代わりにこう言った。

「また、たまにはあの部屋で会いたい。もう一度やり直そうとか、付き合おうとか、そんなのはもういらない。ただ何となくふたりの気が向いたら会いたい。何となくひとりでいたくない時とか。ううん、理由なんかなくてもいい。ただ何となくでいい。お互い、気が向いたら言う。気が向かないなら遠慮なく断る。ふたりの気が向く時にだけ会う。相手のことなんて考えずに、お互い思いっきり自分勝手に。どうかな？」

半分は咄嗟の思いつきで、残りの半分はずっと私の中にあった思いのような気がする。それは悲しげな彼のための言葉だったろうか？　それは虚しい私自身のための言葉ではなかったろうか？　ただ何となくひとりでいたくない夜や、無性に寂しさや孤独を感じる夜がある。私はいつもそんな夜を、何かで埋めたかった。友人や恋人や家族……。そんな人たちには、こんな弱さを見せられない。見せれば余計に自分が疲れてしまいそうで、いつも強い自分を装っていた。彼らの前で、普通を装い続けることが、私の唯一の救いだったから。在るべき自分を守り続けた。

けれどそんな救いが、本当は一番私を苦しめていたのかもしれない。無意識のうちに、どんどん自分を縛り付けていたのかもしれない。在るべき自分を築き過ぎた。自分という人間をとても高い位置に置き過ぎた。無意識のうちに、周囲が私に期待してしまう状況を、私自身が作ってしまった。そしていつまでたっても、それを決して崩せない私がいた。だから、互いの弱さを共有する相手として、私はずっと彼を求めていたのかもしれない。互いをある程度理解し合っている。けれど、日常を共にする相手ではない。だから、日常の中で時折押し寄せる、言いようのないこの感情から逃れる場所として、弱い部分を見せ合う相手として目の前の彼が必要だった。

突然の私の提案に、

「ああ」

そう言って彼は軽く頷いた。驚くこともなく、視線を上げることもなく、あまりにも手応えのない返答。あまりにも彼らしい返答。

言葉選びに疲れて　あなたは何も言わなくなった
沈黙に祈りを込める
沈黙の底の期待は　誰に注がれる……

彼は私の言葉の裏にある本心になんて、気づいてはくれないのだろう。例えば私が、今すぐ彼の知らないどこかへ行っても、彼は何も言わないだろう。いや、「よかったね」そう言って、微笑みさえ浮かべるかもしれない。

彼は、自分で何かを変えようとはしない人。今の彼は何かに対して特別な感情を抱いたり、強い衝動に駆られたりしない。波風を立てず、ただただ流れに身を任せる。彼がどう思っているのか、本当のところは、彼自身にしか分からないのだけれど、たとえどんな感情を持っていたとしても、決してそれを表に出さないひと。それがあの日からの彼だった。

だから、私の提案にこんなにも軽く頷いてしまう。何の手応えも感情も伝わってこない、こんな頷き方をする。今になって思えば、私が彼に感じた安らぎは、彼のこんな期待のなさから生じたものだったのかもしれない。期待がないのだから、私は何に応える必要もなかった。そして、ひとりでいる孤独から逃れられた。強く求められることもなければ、強く拒絶されることもない。時折それに強く不満を感じながら、それでも私にとって、それが最も救いだったように思う。

けれど、本当のところはどうだったのだろう。ひとりでいる孤独から逃れられた私は、いったい、どこにたどり着けたのだろう。ひとりだから孤独、それならまだ納得がいくのではないだろうか。まだ得ぬふたり、というものに希望を見出せそうな気がする。けれど、ふたりなのに、孤独……。ふたりだから、孤独……。彼といても、私は独り。私といても、彼は独り。それは何だか、とても悲しい響きで、ふたりの間に、微かな、しかし、確かな軽風を感じる瞬間だった。

ふたり、ここでまた会うことで、私は一瞬の安らぎを得たはずだから、ひとりでない安らぎがそこにはあった。それは確かに、ふたりである孤独を帯びていたけれど。けれど、私はそれでもよかった。きっと彼に会えてよかった。

彼は私にとって、薬だった。外部から入ってくる、自分とは異なるもの。けれどそれは、私を治そうとするもの。自分とは異質のそれを自分に溶け込ませ、自分の一部にしようとする。だから当然、多かれ少なかれ違和感や無理が出てくる。この説明のつかない感情も感覚も、気にすることはない。それは、私を治そうとするもの。それはきっと、私を癒そうとするもの。だから時折、私を襲うこの疑問も、この痛みも、この孤独も、少しだけ目を瞑っていればいい。少しだけ、もう少しだけ……。

私ではないそれらも
押し込めば
明日には一部になるだろう

ほんの少し
違和感に目を瞑れば
すぐに「私」になるだろう

彼は、私を治そうとするもの。それはきっと、私を癒そうとするもの……。今はまだ、今だけはまだ、もう少しだけ、こうしていよう。もう少しだけ、信じてみよう。

もうとっくに、違うと分かっていても……。
ここではないと気づいていても……。もう少しだけ、もう少しだけ……。

完全にひとと分かり合うなんて、私にはもうできそうにない。ひとに何かを求めれば、それが報われるまで、切なくて苦しくて悲しくて、どうしようもなくなってしまう。たとえ、いつの日かその願いが報われたとしても、それは永遠には続かない。理解・共感・同情……。全ては一時的なもの。不確かなもの。いつかは消えてなくなってしまう。最初から何もなかったかのように、跡形もなく消えてしまう。だから、期待などしたくない。依存などしたくない。何かに裏切られるのが怖い。もう二度と傷つきたくない。今の私はもう、少しの傷さえも怖くなってしまっているから……。

例えばもし、これだけは失いたくないと思える何かがあれば、他に何もなくても幸せかもしれない。あるいは、たくさんのものを手にしても、そこに唯一のものがなければ、どこか虚しさが残るかもしれない。得ることが喜びなのではなく、埋めることが喜びであり、安らぎであって、ぴったり埋まる何かを持てなければ、間に合わせの何かでは、間に合わせの喜びにしかなり得ない。次から次へと新しい間に合わせの何かで、自分を埋めなければならなくなる。それが、間に合わせにしかなり得ないと分かっていても、それでも何もないよりはマシかと埋めてみる。それは、丸いビンの口を、四角い蓋で閉めようとするのに似ているかもしれない。

それは、ぴったりと噛み合うことはないけれど、何もないよりはいくらかマシな気がして、とりあえず間に合わせで、持ち合わせで、手応えのないままに塞いでみる。

彼のこの感情が純粋なものでなくても構わない。ただひとりよりふたりでいたくて、ただ誰かに傍にいて欲しくて、たまたま私を選んだのだとしても構わない。私がここを選ぶのも、私が彼を選ぶのもまた、そんな純粋な感情からではないのだから。完全な繋がりや深さなんて最初から期待していない。他人と完全に繋がるなんて、できるわけがない。だから、一瞬でいいから安らぎが欲しい。見せかけの安らぎで構わない。今この一瞬を埋められるなら、それでいい。

彼は何に対しても期待などしないから、私は何に答える必要もない。相手の求める理想像を探る必要もなければ、そこに近づこうと努力する必要もない。他人に夢中になって、それしか見えなくなって、必死にそれにしがみついて、全てを手に入れようとするひとがいる。私は、そうはなりたくない。私が欲しいのは、少しの依存。ただそれだけ。完全な共感など、初めから期待しない。きっと彼もそうだった。何に対しても期待などしないひとだった。いや、期待する術を知らないひとだったのかもしれない。期待したくてもできない。そんな悲しいひとだったのかもしれない。だからこそ私は、彼を求めた。彼自身ではなく、彼の中の私を求めた。自分で自分を認めるために。自分で自分を受け入れるために。憐れみという名の求め方で……。慰めという名の接し方で……。愛するというふりをした。それがふりであるということから目を逸らしながら、最後まで彼を求め続けた。

あの日を境に、私の中に押し寄せる自問。あの日を境に……。あの日を境に……。

私が彼を求めたのは、純粋に彼が愛しかったからだろうか。

私が本当に愛したのは、彼自身なのだろうか。

彼自身なのだろうか。彼自身……、彼自身……。
それとも私自身……。
私はただ「私」を愛したかった？　けれど結局、私は何も愛せなかった……。

愛するということが分からない。
愛するということが分からない。
愛されるということが欲しい。
愛されるということが欲しい。
それがどんなものかも分からないけれど。
ただ、愛されることが、欲しくて欲しくて堪らなかった。
そして、彼は死んでしまった。私の前から、消えてしまった。

ふたりが別れてから二年の月日がたち、忘れられないあの日に再会をして、昔とは全く違ったふたりとして再びここでいくらかの時を過ごしたというのに、ある日、突然、何も告げずに、彼はここから出ていった。そして、それから一年後の冬の日、彼の突然の自殺で、私たちは二度目の再会をした。これで最後の再会をした。

もし彼があらかじめ、もう長くは生きないと告げてくれていたなら、私はどうしていただろう。彼が死んでしまう前に、もっとできることがあったかもしれない。彼はなぜ私に言ってくれなかったのだろう。私など最初から当てにしていなかっただけかもしれない。けれど、私にはその行為が彼の優しさだったように思う。その残酷な沈黙が、彼の優しさだったと信じたい。けれどそんな優しさを知ってしまったから、私はほんのわずかな沈黙さえも怖くなってしまった。どんな沈黙の後にも、必ず「さよなら」が待っているような気がして仕方なくなった。

以前にこんなことを聞いたことがある。結婚するなら二番目に好きなひとがいい。一番好きなひとと結婚すると自分の気持ちが重過ぎて、自分自身を滅ぼしてしまう、と……。ひとは何かに夢中になってしまうと、冷静に自分を見つめられなくなる。冷静に相手を見つめられなくなる。自分を制御できなくなる。それは素敵なことかもしれない。私にはできそうもない、とても素敵なことかもしれない。それは、純粋にありのままにひとを愛せている証拠だから。

けれど、私はそれが怖い。周りが見えなくなるのも。自身を見失うことも。傷つくことも。幸せの後に来る孤独も。その全てが怖いから……。今の私は、彼を失ってからの私は、ほんの少しの傷さえも怖いから……。そんなふうに他人を思うことはできそうにない。そして、そんなふうにしか考えられなくなってしまった自分が悲しくもあった。そんなふうにしか考えられない自分が悲しいから、私は少しだけ無理をする。答えは分かっているのだけれど、何も分からないふりをして、少しだけ夢を見ていたかった。心の奥では、「結局、ひととは繋がり合えない」と、「きっとあなたとも繋がり合えない」と、最初から確信していたけれど。

それでも少しだけ無理をして、普通を演じてみせたかった。こんな私でもまだ、ありきたりな感情を持てるのだと、普通の恋愛ができるのだと実感しておきたかった。たとえその感情が、本物ではないと分かっていても、自分の中にまだ少しでもそんな感情を抱けることが、私の救いとなるだろうと思った。

自分のことも　他人のことも　私は誰ひとり愛せない
そして　こんな私を誰一人愛さない

彼を失ってからの私はあなたに出会い、あなたの隣で、いつも呪文のようにそう念じた。

そうやって、いつでも私は言い訳をする。本当は、もうどうしようもないくらいに、あなたを愛していたくせに……。そんな自分を、ひと欠片だって見せようとしない。初めて抱いたこの感情を、決して認めようとしない。自分自身に対してすら、強がり続ける私がいる。十分に平凡で、ありきたりな感情の持ち主であるくせに、良くも悪くも特別なふりをして、私は私から目を逸らす。そして、私の周りには、予防線だけがどんどんと増えていく。

あなたと私

私は幸せだった。ふたり満たされた時の中で毎日を過ごしていた。私の隣にはいつもあなたがいて、あなたの隣にはいつも私がいた。会話や音楽や物や……、そんなものが何もなくても十分だった。ふたり寄り添っているという実感があれば、それだけで十分だった。何気ないことが私の救いだった。支えだった。全てだった。そこには、確かに「ふたり繋がっている」という感覚があって、互いの存在が全てだった。「幸せ過ぎて怖い」、そんな言葉がぴったりだった。

そう、あの頃の私はきっと幸せ過ぎたのだろう。自分で感じていたよりももっと、ずっと幸せ過ぎた。今ならあの言葉の意味が少しは分かる気がする。「幸せは怖いものだ」という言葉の意味も、少しは分かる気がする。ひとは幸せの中にいると、いつの間にか何も見えなくなってしまう。何も考えなくなってしまう。ただただ幸せが当たり前になって、その中で胡坐《あぐら》をかいてしまう。

けれど本当は、世の中にずっと変わらず、同じであり続けるものなどないのかもしれない。だからひとは、掴んだ幸せができるだけ長くあり続けるように努力しなければならない。目を見開いて、よく考えて努力しなければならない。気を抜くことなく努力し続けなければならない。そうすれば少しは幸せが長続きするかもしれない。今、手にした幸せを、少しは長く掴んでいられるかもしれない。何かを失う時の、あの切ない気持ちから、しばらく逃れられるかもしれない。

けれど、そうなれば幸せはとてもしんどいものになりそうだ。考えて考えて考えて、それだけで疲れきってしまう。誰にも届くことのない、言葉にできない気持ちだけが増え、心がそれに押し潰されてしまう。いつしか、他人への期待をなくしてしまう。自分の気持ちから、目を逸らそうとしてしまう。そうするうちに、本当の気持ちが分からなくなってしまう。最も近いはずの自分自身が、とても遠い存在になる。見たくても見えなくなってしまう。何もかも見えなくなってしまう。見たいものも、見たくないものも、何もかも見えなくなってしまう。伝えられない歯痒さより、伝えることの虚しさが勝ってしまう。いつしか幸せが分からなくなり、ここにいる私も、隣にいるあなたも、亡くなった彼も、過ぎ去るひとも、皆見えなくなってしまう。そして、全てが見えなくなって初めて、私は気づく。私はいつの間にか取り返しのつかないところに来てしまっているのだと……。

そして、ただひとりここにいるような気がしてしまう。大勢の中にいても、愛すべきひとの隣にいても、ただひとり何も感じなくなってしまう。いつの間にか、心に語りかける術さえ忘れてしまう。そして時折、何も受け入れられない自分に気づく。空っぽで、どうしようもない自分に気づく。頭では分かっている。けれど私は、何も言わない。あなたに対してさえ何も言えない。ただ黙って、あなたが私から離れるように仕向けることしかできなかった。私があなたの思い描いているような人間ではないことに、早くあなたが気づいてくれるように。そのための言葉だけを発し続ける。重過ぎる愛をあなたの前に突きつける。あなたが今、愛しているそのひとは醜い私なんかではなく、あなたの創り上げた虚像の私。あなたが注ぐその溢れるほどの愛情は、醜く歪んだ私にではなく、あなたの夢みる幻想の中の私に向けられている。あなたの愛が私へのものではないのだと自分に理解させるために、あなたの愛に執着してしまわぬように、誰よりも愛しいあなただから、誰よりも冷静に、残酷に、優しく優しく、私はあなたを試し続ける。めいっぱいの悟りと諦めを持って、あなたに接する。

ここにいるべきではないと思った
けれど　居場所が見つからない
このままでは息が詰まると思った
けれど　呼吸の方法が分からない
努力が足りないのだろうか
それも少し違う気がする
違和感の先にあるもの
私の未だ見ぬ世界
私の未だ越えられぬ憂鬱

いつか、あなたと離れる日まで

永遠なんてどこにもない。もちろん、ここにだってない。私はいつかここから離れる。ここを失う。それはとても自然なこと。何も恐れることはない。それはとても自然なこと……。私はただ、ここを離れ、あなたと出会う以前の生活に帰るだけ。そう、ここがなくても、あなたがいなくても、私はひとりで生きていける。あなたと出会ったあの日まで、私はずっとひとりで生きてきたのだから……。ただもう一度、ひとりその頃に帰るだけ。それはとても自然なこと。それはとても自然なこと。

「いつか、あなたと離れる日」を私は最初から知っていた。いつかそんな日が来るということを……。ふたり、完全になんて通じ合えない。ふたり、永遠になんて繋がれない。私はいつかここから離れる。あなたとは違うどこかへ、いつかひとりで向かわなければならない。それはとても自然なこと。私はまたいつか、ひとりに戻る。そして、いつものひとりに帰る。あなたとの時間は、私の人生のほんの一部にしか過ぎなくなる。それはきっと、ほんの小さな通過点にしか過ぎなくなる。いつの日にか、今ある全てのことが取るに足りない出来事となる。愛しい時間も、愛しい気持ちも、愛しいあなたも、全ては過去になってしまう。けれど、私はそれでもよかった。きっと、あなたに会えてよかった。

あなたとふたり、この楽しさの中にいると、あなたとふたり、この愛しさの中にいると、その切ない日がいつか必ず来るということを忘れられずにはいられなかったけれど……。楽しい時間は、愛しい気持ちは、いつでも私にその反対を予感させる。あなたと過ごすこの時間が愛しければ愛しいほど、その先に待つ、沈黙の後の「さよなら」が怖くなった。初めて手にした、抱えきれないほどのこの愛しい感情が、いつか連れてくるであろう暗闇が、計り知れず怖かった。

いつまでもあなたの隣で、こうして笑っていたい。
いつまでもあなたの隣で、あなたのその柔らかい笑顔を感じていたい。
こうして、あなたに触れていたい。

あなたの隣で、呼吸する瞬間が好き。
あなたの胸で、鼓動を感じる瞬間が好き。
あなたの前を歩き、振り返る瞬間が好き。

春

もう忘れてしまった。あの暖かく穏やかな季節が、ずっとずっと昔のように思える。今はもう戻ることもできない。まるで、手の届かない夢の世界のようで……。私には眩し過ぎて思い出せそうにない。あの頃の私は、この季節をどんなふうに通り過ぎたのだろう。どんな顔をして、何を考え、何に笑い、何に悲しみ、どこへ向かい、その先に何を見てきたのだろう。結局、私は、目的の場所にたどり着けたのだろうか。振り返ってみて何も思い出せないのは、順調に時を過ごしてきたから？　それならば、それなりにいい日々だったのかもしれない。私の歩んできた道は、それなりに意味があったのかもしれない。けれど、鮮明な思い出がないというのは、やっぱりどこか寂しい気がする。どこか虚しい気がする。ほんのわずかでもいいから、私が生きてきた証が欲しい。生きてきた実感が欲しい。そうして、あなたに飛び込んだはずだった。

こんなふうに贅沢な感情を持つから、ひとは現状に満足できなくなるのかもしれない。それでもこの満たされぬ気持ちを、何とかして埋めようとする。満たそうとする。何かに満たされてしまえば、その瞬間から、ひとはどうしようもない気持ちになるのに……。言いようのない不安に駆られるのに……。それでもひとは、この贅沢な感情を持ち続けてしまう。

今この瞬間に、満たされぬ自分を実感するのが怖いから。形の見えない不確かな何かを、必死で掴もうとする。全てを悟ったふりをして、全てを諦めたふりをして、本当は必死でバタ足をし続けているのに……。鈍感な自分を装い続ける。

春……。確かに通ってきたはずの季節なのに、今の私は迷子の子供のようにここに立ち尽くしたまま、何も思い出せず身動きもとれずにいる。いや、迷子の子供のほうがずっと利口かもしれない。迷子の子供ならこんな時、もっと利口に、精一杯声を上げて全身で泣いて、通りすがりの見知らぬ大人に助けを求めることができるのかもしれない。けれど、今の私はそれさえできずに、ただ黙ってここにいる。他人に何かを求めるなんて、誰かに何かを期待するなんて、私にはできそうにない。今の私には、もう何もできそうにない。

少なくともあの頃の私なら、今よりは無邪気に、ひとを信じることができていたかもしれない。目の前の出来事をそのままに受け入れられていたかもしれない。もっと素直に、見えるがままに物事を見ていたかもしれない。それ故に、傷ついたかもしれない。それ故に、疲れ果てたかもしれない。けれど、それ故に、何かを得られたかもしれない。それが結果として良いか悪いかは別としても、もう少し温かい私でいられたかもしれない。


「僕が君を守る」

あなたのその真っ直ぐな言葉と、偽りのない眼差しが、私の心を救い上げた。どこにでもある恋人の会話、隣にあなたを感じる瞬間。私はその時、確かにあなたに守られていた。悲しい現実から解き放たれるのではなくとも、夢のような明日ではなくとも、私はあなたに守られて、陰りから救われる。私が紛れもなくあなたを愛した瞬間……。そして、あなたに愛された瞬間……。

けれど、忘れてはいけない。

私はいつかここから離れる。ここを失う。それはとても自然なこと。それはとても自然なこと。何も恐れることはない。それはとても自然なこと。そしてそんな私は、今ここにあるもの全てを疑ってしまうけれど……。そして、信じきれない原因を、自分ではなく相手に見出し、諦めに似た身勝手な感情を抱く。いつでも、私は俯瞰《ふかん》を忘れず、身を投じきることができないでいた。

あなたを愛すれば愛するほど、私はひとり孤独だった。あなたを求めれば求めるほど、私は満たされぬ気持ちになった。埋めることのできない、この切ない気持ちになった。私はいつでも、本当の気持ちを出すことができなかったから。せめてあなたの前では、あなたの前だけでは、自分らしくいられると信じたかったけれど。私にはそんなことができるはずもないから、私はわざとあなたの負担になろうと努力した。あなたがいても、私は満たされないのだと思いたかった。私を満たせるのは私自身だけだと、そう思っていたかった。あなたに依存しまいと、あなたに期待しまいと、強く強く思った。そうしなければ、私はあなたと離れることが怖くなってしまうから。あなたを失った後に、私の心にぽっかりと穴が開いてしまうから。そうしなければ、私はあなたなしでは立てなくなってしまう。そうなってしまわぬように、私はわざとあなたの負担になろうと努力した。

そんなふうにしか、私はあなたを愛せなかった。
誰よりもあなたを愛しているのに。
誰よりもあなたを愛しているから。
私はあなたへの愛しさの中で、こんなにも不自由になる。

私だけがあなたを愛していて、私だけがこんなにも不自由なのだと思っていた。いつでも、自分の心が見え過ぎて、何も見えなくなってしまう。目の前のあなたすら、何も見えなくなってしまう。私にはあなたしかいないのだと、私のことだけを考えていて欲しいのだと、休むことなく全身で表現したつもりだった。時折、何に対しても無感情な、とても冷たい内なる自分を感じずにはいられなかったけれど、それでも休まず、悲しい努力をし続けた。いつでも本当の気持ち以上の言葉を発し、冷静な自分を覆い隠した。あるいは、冷めきった自分への呪文として、愛に溢れた言葉を唱えた。自分でも驚くほどに愛らしい言葉が、この冷たく残酷な私の口から溢れ出て、そんな自分に時折、怖ささえ覚えた。愛らしい言葉たちが、いかにも私の本心であるかのようなふりをして、無邪気なあなたへと注がれる。私はただ、あなたが息苦しくなるのを待った。

私が重々しい愛を押し付け続ければ、きっと、優しいあなただって、いつまでも優しくはいられないだろうと思った。優しいあなたに、これ以上期待してしまわぬように。期待して傷つかぬように。あなたの中にも、ちゃんと残酷さや狡さがあるということを、私自身に理解させるように。私はわざとあなたの負担になろうと努力した。私が重くのしかかればのしかかるほどに、あなたは私との別れを考えてくれるだろうし、私があなたを責めれば責めるほどに、あなたは私と別れる正当な理由を見つけ出してくれるだろう。何も分からず、ただ真っ直ぐにあなたを愛し続ける。私はそんな残酷なふりをし続けた。あまりにも自然に振る舞える自分に、もしかするとこれが本当の私なのではないかと、時折、期待しそうになった。あまりにも平気な自分が、たびたび恐ろしくもあった。自分自身の人間性を何度も何度も疑った。純粋な私を装えば装うほど、自分という存在がますます醜く思えて、ますます汚く思えて、自分が分からなくなった。

けれど、あの頃の私はそうすることしかできなかった。そうしなければ、きっと私はまた同じ失敗を繰り返してしまう。本当は、何も考えず、あなたとの穏やかな時の中に、少しでも永くいたかったけれど。そうすれば私はきっとまたいつか、彼を失った時と同じ深い暗闇の中に沈んでしまう……。

あれ以来、私にとって何かを得るということは、いつかそれを失うということに等しかった。得る喜びは必ず、失う悲しみを連れている。そして、得る喜びが大きければ大きいほど、失う悲しみもまた大きくなる。どうしようもない比例式がここにある。私は彼からそれを学んだ。私はここからそれを学んだ。

あなたを得る喜びが大き過ぎる。だから、あなたとは同じことを繰り返したくない。あなたを大切に思うから。あなたに大切に思って欲しいから。こんなにも愛しいという感情は、初めてだから。悲しいのは、私ひとりで十分だから。だから私はひとり、悲しい努力をし続ける。私がいなくなることに、あなたが清々するように……。

「自由になりたい」

そう言って、あなたが私から遠ざかるように……。あなたの気持ちがひと欠片だって私に残っていないと、私が自覚できるほどに、悲しい努力をし続ける……。

一つ、二つ、三つ……。あなたはとても辛抱強かった。もう別れるには十分過ぎる私を、精一杯受け入れようとしてくれた。たくさんのことに目を瞑ってくれた。理不尽な私の要求に何度も応えてくれた。

あなたは覚えているだろうか。私がいつか、あなたに「抱きしめて欲しい」と言った時のことを。その時あなたは、精一杯、力いっぱい、けれど誰よりも優しく私を抱きしめた。柔らかなあなたの匂いを強く感じる。けれど、そんなあなたの胸の中で、私の心は無機質になる。悲しいほどに深い海の底で、私はあなたに静かに告げる。

「何も伝わってこないのはどうして……?」

責めるような目で、私はあなたをじっと見つめる。私がそんな目をする時にはいつも、あなたは決まってあの悲しい目をして自分を責める。

「ごめん。どうしたらいい……」

この上なく切なく困ったあなたの顔。あなたは、こんな私を決して責めなかった。そんなあなたを見るたびに、そんなあなたを感じるたびに、私はひどく申し訳ないと思ったし、自分を心から憎く思った。私という人間と向き合おうとするあなたにどこかで救いを見出しながら、あなたと真っ直ぐに向き合えない自分を醜いと思った。何も考えずに、今すぐあなたに飛び込んでしまおうかと、あなたなら私の全てを許してくれるのではないかと、何度も思った。そしてそう思った後すぐに、「そんなこと、私にはできるはずないのに……」と、あなたに期待しそうな自分を、冷たく突き落とすことをいつも忘れられなかった。

たとえ、いつかあなたと離れるとしても、ひとり孤独を感じるとしても……。私はきっと、あなたに会えてよかった。ほんの一瞬でも、あなたは私と向き合おうとしてくれたから。あなたは私を受け入れようとしてくれたから。私には、それだけで十分だった。それだけで、ただそれだけで、嬉しかった。

あなたのその言葉が　いつか嘘になっても構わない
あなたのその温かさが　一瞬の気休めでも構わない
その言葉に　その温かさに　一瞬でも救われたなら　ただそれだけでいい

あなたは、こんなにも醜い私を愛そうとしてくれたのだから。ほんの一瞬だけでも、ふたりの間に穏やかな時間があったから。それだけで十分。私には、それだけで十分。私は、これ以上を求めてはいけない。これ以上を望んではいけない。だから、あなたが疲れ果ててしまうその前に、早くあなたをこの醜い私から解放してあげたくなった。私はあなたをそんな方法でしか愛せない。あなたはとても素敵なひとだから。あなたはとても真っ直ぐなひとだから。私ではない、もっと素敵な誰かと寄り添うべきひとだから。私はあなたをこんな方法でしか愛せない。これ以上あなたの傍にいると、私はあなたを愛し過ぎてしまう……。あなたを愛し過ぎて、私はあなたも私も壊してしまう……。

だから私は、互いの気持ちを少しでも感じていられるうちに、あなたと「さよなら」したかった。いつか必ず、あなたの気持ちが凍結し、私だけがあなたを愛し続けてしまうから。その日が来てしまう前に、まだふたりが温かさを持っていられる今、「さよなら」してしまおう。そうすれば、少しは納得できるかもしれない。この別れは、自ら作り出した別れだと、自分を慰めることができるかもしれない。そうしてまた、私はここでひとり、悲しい思い出の中に沈んでいればいいのだと、諦めがつくかもしれない。あなたが私を嫌う前に、少しでも希望を見出せているうちに。

私だけがあなたを愛していて、私だけがこんなにも不自由なのだと思っていた。

悲しいひとりに慣れてしまった私は、ひとりでいることに強くなり、ふたりであることに弱くなった。けれどそれでも、ひとりにはなりきれなくて、ふたりであることに近づきたくて、いつも私の中には、幾つもの心がある。私の中には幾つもの私がいて、私は身動きできなくなる。いつだって、自分をうまく説明できない。ただ黙って、ここに蹲って、静かに静かに泣いている。私という存在さえ消すかのように、音もなく、影もなく、温かくも冷たくもない涙を流している。

いつかあなたと離れる日まで、いつかあなたと離れる日まで、私は繰り返し続けるだろう。昨日のような日々を、今日のような喜びを、切なさを……。そして明日のような悲しい笑みを……。私は、繰り返し続けるだろう。どうしようもないこの気持ちを、私は持ち続けるだろう。「いつか、あなたと離れる日まで」、私は期待してしまうだろう。あなたの言葉に。あなたの温もりに。そして、あなたのその残酷な、沈黙という優しさに、私は期待し続けるだろう。あなたが私の救いであると。あなたが私の全てであると。あなたが私の永遠であると。そしていつか、あなたが私を「ここ」から連れ出してくれるかもしれないと……。私は、期待してしまうだろう。

あなたは、とても真っ直ぐなひとだから。
あなたは、とても優しいひとだから。
あなたは我慢してしまう。努力してしまう。
全てを受け入れようとしてしまう。
ただ優しく黙って、私に寄り添おうとしてしまう。

そして、あなたのそんな優しい無理に、私は気づいてしまう。そんなあなたに私自身をも重ねながら、そんなあなたに気づいていながら、それでも私はあなたに甘えてしまう。甘えながら、期待しながら、それでも止めどなく、不満を抱き、諦めを抱き、そんなことを繰り返しながら、そんな日々を繰り返しながら、私は申し訳なく思ってしまう。あなたに無理をさせる私という存在が、醜くて仕方なくなってしまう。私はあなたを愛していたから。あなたは私の特別なひとだから。たったひとりの特別なひとだから。私は、いつでも笑顔のあなたでいて欲しかった。けれど、それがあなたの心の笑顔を求めているからなのか、ただ、私に笑顔を向けていて欲しいからなのか、それさえも分からなくなる。自分の気持ちなのに、そんなことさえ分からなくなる。そして、自分さえ分からなくなる時にはいつも、今ここにある私の心は、とても汚いのではないかと思った。そして、あなたを思うこの気持ちさえも、本当はとても不純なものではないだろうかと思えた。

そして、全てがぼやけていく。後には、心の静まりだけが、真っ暗な闇の中で広がっていく。誰もいない闇の中、そこには、私さえもいるのか、いないのか。もう、何も見えそうにない。もう何も見たくない……。

　ただ、確かなことはひとつだけ。そこには、恐ろしいほどに静まり返った心がある。とても無機質で、無感情で、冷たくも温かくもない。色のない心がある。問いかけても、何も返ってこない。耳を澄ましても、ただ静まりを感じるだけ。私の心が離れていく……。私の言葉が遠のいていく。私が私から、どんどん遠ざかっていく……。

　あなたを欲しきれなかった私は、全てを失った。私があなたを裏切った。それが事実で、それ以上でも、それ以下でもない。けれど、それでも、私はあなたを愛しているというの？　それでも、私は助けてくれというの？　それでも私はチャンスが欲しいというの？　私は、どこまでも狡く、誰よりも醜く、何よりもあなたを愛している。

　そんな自分を受け入れきれない私は、そんな自分を認めきれない私は、あなたに分かって欲しいなんて言えなかった。

さよならの理由

私は狡い。最後まで狡い。もうこれ以上、私のつまらない感情ごっこにあなたを付き合わせるのは気の毒に思えて……。こんなふうに、もっともらしい理由をつけて私は、あなたと別れることを決めた。本当は、とても冷淡な自分を痛いほど感じているのに、そんな理由をつけることで、自分の中にもまだ温かさの欠片があるのだと、錯覚していたかった。あの時もっと大きな理由があれば、そんな理由があってくれれば、あんな別れ方をせずに済んだのかもしれない。せめて最後だけでも、真実で埋められたかもしれない。

私はあの日、あなたと「さよなら」しようと決めた。私は、一番狡いやり方で、あなたと「さよなら」しようと決めた。私はあなたと離れることになっても、あなたに裏切られたなんて思わない。あなたと過ごした日々を、決して無駄だったなんて思わない。私は、私によって裏切られるだけだから。私自身が抱いてしまった、自分勝手な他人への期待に、他人を信じられない自分自身に。そして何より、自分自身を信じられない私に、裏切られるだけだから……。

裏切られたなんて思うのは
他人を信じたからではなく
自分を信じきれなかったから……

けれど、私はそれでもよかった。きっと、あなたに会えてよかった。あなたと過ごしたあの時間は、決して無駄ではなかったから。たとえそれが、永遠や完全でないとしても。最後まで私は私でしかないとしても。この硬い殻を永遠に破れないとしても。結局、他人を信じられない自分でしかなくても。他人をうまく愛せない自分であっても……。けれど、私はそれでもよかった。きっと、あなたに会えてよかった。一瞬でも、あなたの中に安らぎを見たから。私と同じ冷たさの中に、少しの救いを見出せたから。きっと私はあなたの、その憐れさを愛していたから。ただ、あなたの中にある、私と同じその憐れさを愛していただけだから……。そんなふうに私は素直になることから逃げた。自分から逃げるために、あなたから逃げた。

「誰のことも好きになんてなれない。最初から、あなたのことなど愛していない。自分のことも他人のことも受け入れられない。だからせめて、同じような感覚の他人と関わっていたかった。少しでも自分を認めるために。ただそれだけのこと。

私はとても冷たい人間で、だからこそ誰にでも無感情に優しくできる。あなたのことなど愛していない。もう疲れてしまった。だから私と別れて欲しい。今日で最後にして欲しい」

私はあなたにそう告げた。淡々とした口調で。冷めきった目で。あなたを見つめることもせず、涙を流すこともなく、遠くをじっと見つめながら……。そんな私は、きっと誰よりも強かっただろう。きっと誰よりも頑なだっただろう。心とは裏腹なこんな表情だけ、誰よりもうまくできてしまう自分が、恨めしい。こんなにも心は泣いているのに、あなたの前では涙ひとつ流さない。何ひとつ伝わらない。

私は欲張りだから、だからもう何もいらない。
最初から何もいらない。
誰よりも欲張りな私は、きっと少しじゃ満ち足りないから。
だから最初から、少しもいらない。
気持ちを持つということは、それだけで貪欲なこと。
気持ちを持て余すということは、それだけで贅沢なこと。
だからもう、何もいらない。

そんなふうに、もうとっくに諦めたような顔をしながら、私は分からないままだった。納得と諦めの違いも、思いやりと逃げの意味も、信じることも、信じるものも、こうなってしまったことのサインも、何一つ分からないままだった。
どうしてもっと、うまく愛せないのだろう。どうしてもっと、うまく伝えられないのだろう。どうしてもっと、分かり合えないのだろう。あなたと私だから、こうなるのだろうか。あなたと私だから、うまくいかないのだろうか。

分かりたい。分かりたい。分かりたい……。
分かってよ。分かってよ。分かってよ……。
どうして……。こんなにも苦しい。苦しい。苦しい……。

それでも私は知りたかった。私はただ、あなたが「そんな顔」する理由が知りたかった。最後のあなたの、その表情の意味が知りたかった。その表情が、私へのサインだと思ったたから。悲しいあなたの、沈黙のサインだと信じたかったから。「そんな顔」するあなたを救いたかった。そして、そんなあなたに重なる私を、あなたに救って欲しかった。私と同じ沈黙のサインだと信じたかった。けれどそれは同時に、私では駄目なんだという証拠に思えて苦しかった。

そして私は、確かめることもせず、あなたの元を黙って離れた。

そんなやり方しかできない私は誰よりも残酷で、冷たい心の持ち主だと思った。こんな言い訳しかできない私は、誰よりも悲しい人間だと思った。私は自分のバランスをとるのに必死だった。だから、あなたを愛する自分という存在が重かった。あなたがもっと最低な人間で、責めるべき性質をたくさん持っていてくれたなら、私は堂々と別れを告げることができただろうに。ありのままの私で、あなたと別れられたなら、少しは自分を肯定できたかもしれない。

これ以上傍にいると
傷つけてしまうと君は言った
勘違いしないで
埋めるためのセリフなどいらない
私を傷つけるのは私だけ
私を裏切るのは私だけ

我が心に忠実であれ
愁い言葉　今　消し去らん

結局、私は、あなたを傷つけたくないという言い訳をして、自分を傷つけるふりをすることで、本当に傷つくことから逃げていた。全て自分が仕向けたことなのだから、最初からこうするつもりだったのだからと、自分自身を納得させた。全て最初から分かっていたことだと自分を慰めた。私の高過ぎるプライドと強がりを守るために、私は全てを失った。いつものように、また全てを失った。やっぱりあなたとも繋がり合えなかったと、当然のような顔をしてみせた。彼を失ってからの私は、いつまでこんなことを繰り返し続けるのだろう……。

いったい、私は何人の〝あなた〟を通り過ぎるのだろう……。誰を愛そうとしても、愛しきれない。ここを離れようとしても、離れきれない。ずっと離れたかったはずなのに、ずっと忘れたかったはずなのに。どうすることもできなかった。それならばいっそのこと、記憶ごと消してしまいたい。私の中のあなたごと、どこかへやってしまいたい。でないと、苦しい。苦し過ぎる。この暗闇の中で、息さえできなくなってしまう。この感情を、普通なら、どんなふうに表現するのだろう。この感情を、普通なら、どんなふうに閉じ込めるのだろう。誰か、私に教えて欲しい。伝える術を、消し去る術を、誰か私に教えて欲しい。どうして私はこんなにも、うまくカタチにできないのだろう……。

もう、どうしたらいいのか分からなかった。何が正しいのか、どこに向かうべきか、分からなかった。大声で泣きたかった。寂しかった。悲しかった。虚しかった。全部を消してしまいたかった。彼のことも、あなたのことも、私を取り巻く全てを消してしまいたかった。そして何より、自分自身を、全てなしにしてしまいたかった。自分の存在が醜い。自分で自分を受け入れられない。

あなたと「さよなら」して以来、こんなふうに、どうしようもなく落ちてしまう自分がある。全てが嫌になってしまう時がある。何かに縋りたくて堪らなくなる時がある。何もかも放り投げて、逃げてしまいたくなる。誰と、どこで、何をしていても、私の心はどこにもなくて、誰の言葉も耳に届かない。大好きな本も映画も音楽も、何ひとつ、私の中に入ってこない。ただ目の前にあるモノに向かい、目の前の相手に笑顔を作ってみせる。他人の隣でこんなふうに微笑んでいる時の自分が、誰よりも「嘘つき」だということに、もう、うんざりするくらい気づいている。

けれど、心はどこにもなくて、伝えたい相手も、気持ちも、言葉も、何もかも失ってしまった私は、どうすることもできなくなった。自分で自分をコントロールできない。どうしても涙が溢れて、ひとり蹲るしかなかった。自分で選んだ「さよなら」なのに、私はひとり泣いている。自分で選んだ「さよなら」なのに、予想どおりの「さよなら」なのに、あの時、彼を失った突然の「さよなら」よりも、もっともっと心が痛い。あなたとは、とてもうまく「さよなら」できたはずだったのに……。私はひとりあなたを想って、いつまでも涙を流し続けて動けない。こんなふうにならないために、自分で「さよなら」したはずだった。けれど、今ここにいるのは、紛れもなく悲しい私。あなたを想い、あなたを求め、あなたのカタチを探している。

アジテーション
物凄く騒がしい空間の中で
悲しい私は　突然にやってくる
そんな私は　当然に　あなたを連れてくる

どれだけ涙を流せば、ここから抜け出せるのだろう。どれだけのひとに紛れれば、この痛みが和らぐのだろう。どれだけの時を超えれば、あなたを忘れられるのだろう。あなたの横顔、あなたの声、あなたの指先、あなたの温もり、あなたの匂い……。少しずつ記憶は薄れていくかもしれない。少しずつ全てが過去になるかもしれない。けれど、この気持ちはどうすればいいのだろう。この気持ちは、どこへ持っていけばいいのだろう……。

今日もあなたはどこかで生きているのに、なぜ、私はこんなにも泣いているの？
あなたが今日も生きている。ただそれだけを喜ぶことはできないの？　あなたはどこかで生きていて、私がいなくとも、笑うことができるだろう。私がいなくても、あなたの人生は進んでいく。何の問題も躊躇《ためら》いもなく、あなたは私から遠ざかる。
もう彼はどこにも生きていないのに、なぜ、私は泣けなかったの？　彼の死を前にして泣けなかった私。亡くなった彼を思い出しても泣けない私。生きているあなたを想い、涙する私。そんな自分を俯瞰する、もうひとりの自分。どの自分も、うまく説明することができない。自分で自分を理解することすらできないから、あなたに私を分かって欲しいなんて言えなかった。こんな私を、あなたに包み込んでいて欲しいなんて言えなかった。いつだって、私はあなたに分かって欲しいくせに、いつだって、私はそんな自分から目を逸らせた。

「失う」とはどういうことですか
彼を「亡くす」ことですか
あなたを「無くす」ことですか
悲しむべきはどちらですか
悲しいのはどちらですか

私はどうして、こんなにも歪んでしまったのだろう。こんなにも愛しい人の隣にいたのに、こんなにもあなたと分かり合いたいのに、私はどうしていいのか分からなかった。写真の中には、あなたの前にしかいない私がいた。そして、私と同じように、私の前にしかいないあなたがそこにはいて、今なら、こんなにもはっきりと感じられる。写真の中のふたりはとても穏やかで、そこには、確かに互いの居場所があった。私はあなたの前だから、こんなにも柔らかな表情になれた。そしてあなたもそうであったと、この写真を見れば感じられる。

けれど、あの頃の私にはどうしても分からなかった。どうしても気づけなかった。今こうしてこんな悲しみの中にいる自分を想像もしていなかった。けれど同時に、写真の中の私は、こんなにも穏やかな時の中にいた自分にも気づけていなかった。私の居場所は他の誰でもないあなたでしかなくて、あなたの居場所もまた私でしかなかったはずなのに、私はただ、どうしても自信がなかった。あなたは私に、こんなにも柔らかな表情をくれていたのに、ふたりの気持ちは確かに通じていたのに、私はただどうしても自信がなかった。そんな不安を埋めるために、いつもいつもカタチを欲しがっていた。十分過ぎるほどに、そこにはそこにしかないものがあったのに、私は鈍感で貪欲だった。私は、自分の目を通して見えるものに、何ひとつ自信が持てなかった。けれど、そこにはきっと、私にしか見えないものがあった。私があなたといる時にだけ感じた穏やかな気持ちや、あなたにだけぶつけたい感情があったように、私にだけ感じ取ることのできるあなたが、きっとそこにはあったはずだろう。

あなたが離れてしまった今頃になって、愛しいあなたがこんなにも離れてしまった今頃になって、自分の守りたかったものを知る。あの頃の私は誰よりもあなたの近くにいて、こんなにも穏やかなあなたを感じられたはずなのに、私は今頃になって初めて、写真を通してあなたを知る。あなたと離れてしまった今頃になってこんなにもあなたを、そして私自身を知った。

互いの顔から、この穏やかさがなくなってしまったのはいつだったのだろう。こんなにも愛しい場所だったのに、どうしてなくなってしまったのだろう……。考えれば考えるほど、「それは違う」ということは明らかだった。「なくなってしまった」なんて、私の都合のいい解釈でしかない。写真の中のこんなにも穏やかなあなたから、この穏やかさを奪ったのは他の誰でもない私自身だった。あなたから愛しい笑顔を奪ってしまったのも、あなたから安らぐ場所を奪ってしまったのも、あなたから柔らかな感情を奪ってしまったのも、他の誰でもない「私」で、私以外の誰を責めようもない。私にとってあなたは誰よりも愛しくて、誰よりも守りたかった人なのに、私はあなたを誰よりも深く深く傷つけてしまった。あなたの笑顔が大好きだったのに、あなたの笑顔を見るために、たくさんの努力をしていたつもりでいたのに、本当は私があなたから笑顔を奪っていた。あの頃は、あなたがあなたの笑顔も私の笑顔も、何もかもを壊してしまうなんて考えていたけれど、それは違っていた。全てを壊したのは、他の誰でもない私。

そしてまた、私はここで動けなくなってしまう。私は、いつの間にか笑えなくなっていた。どうして、自然に笑えなくなってしまったのだろう。どうして、こんなにも距離を置くのだろう。一番あなたに近づきたくて、一番あなたに近づけない。あなたを愛すれば愛するほどに、近づくことが怖くなる。

愛しい。愛しい。愛しい。
ただ、あなたが愛し過ぎる。
触れたい。触れたい。触れたい。
ただ、あなたに触れていたい。
苦しい。苦しい。苦しい。
ただ、あなたの隣が苦しい。
悲しい。悲しい。悲しい。
ただ、あなたがいなくて悲しい。

あなたがいないから悲しい……。ううん。きっと、この悲しさは、私がいないから悲しい。ただここに、私が見当たらないことが悲しい。あなたを失うということは、私を失うということ。あなたを失うということは、目の前が暗闇になるということ。あなたを失うということは……。この感覚を、どう表現すればいいのだろう。この感情を、この痛みを、この苦しさを、どこに向ければいいのだろう。いつも、言葉が気持ちに負けてしまう。いつだって、伝えようとする言葉が伝えたい気持ちを超えてくれない。私の「～したい」は、いつだって「易さ」に負けてしまう。この気持ちを、どうすれば伝えられる？　こんな私を、どんなふうに表現すればいい？

鏡の前で笑顔を作って、自分自身に見せてみる。少しだけ、ほっとする。少しだけ、強くなれる。笑顔をつくれた自分に、まだもう少しだけ頑張れそうな気がした。それは、冷たい笑顔だけれど。それは、乾いた笑顔だけれど。まだもう少し、あともう少し……。自分にそう言い聞かせてみる。

私は、こんな時間の中で、もう十分に自分を騙すことを覚えてしまった。

幸せというのは本当に怖い。ひとはいったん手に入れた幸せを失ってしまうと、それを手に入れる前よりも、もっともっと孤独になる。幸せを掴んだ瞬間から、それを失う時の孤独をも背負ってしまう。それならば、幸せなんて掴まなくていい。そんなもの掴まずに、何に期待することもなく生きていけばいい。静かに静かに、ただただ流れに身を任せていけばいい。理屈ではそうかもしれない。

けれど、ひとは寂しさに弱いから、ひとりでは寂し過ぎるから、幸せを求めずにはいられない。何が幸せなのか、そのカタチを知らないままに、ひとりだという実感がただ怖いから……。その幸せが永遠でないと分かっていても、何かを忘れるための代替だとしても、それでも目の前のそれを掴もうとしてしまう。それに縋ろうとしてしまう。それを永遠だと信じようとする。それが全てだと夢見ようとする。本当は最初から分かっていたくせに。いつかは消えてなくなると気づいていたくせに。それでも、それが欲しかった。私はそれが欲しかった。欲しくて欲しくて堪らなかった。堪らなく孤独を感じるから。どうしようもなくひとりだったから……。

私だけがあなたを愛していて、私だけが不自由なのだと思っていました。

そして、そんな私を全てが裏切っていくのだ、と自分を憐れむばかりでした。

そんなふうに、私は、私を守ることばかりに必死でした。

あなたを信じきれなかったのは私で
あなたを愛しきれなかったのも私で
あなたに飛び込みきれなかったのも私で……
いつでも　心を閉ざしてしまうのは私だった
いつでも　息切れしてしまうのは私だった

〝あなた無しでも頑張っていられる〟そんな自分でなければと思った頃
〝あなた無しでは駄目になってしまう〟そう言ってもいいと知った時
〝あいつは俺を必要としている〟去り行く背中を見送った後

あなたは、こんな私を理解できないのかもしれない。
こんな私を忘れ去っているのかもしれない。

ほおづえのゆくえ

私はなぜここを選ぶのだろう。私はなぜ何度となくここへ戻るのだろう……。いつも、いつだって、ここへ帰るまいと、これが最後だと、強く強く思うのに気がつけば、私はここにいて、また同じ気持ちになる。言いようのないこの気持ちになる。ここにいる意味を何度も探してみたけれど、見つからなかった。

私が、ここにいる意味は何か。誰か私に教えて欲しい。今の私には、もう何も見出せそうにないから、誰か私に教えて欲しい……。そして、私を今すぐここから救って欲しい。早く、どこかへ連れ出して欲しい……。私がもう二度と、ここを選ばぬように。ここへ戻らぬように。私を強く抱きしめて、私の全てを塞いでいて欲しい。

誰か、誰か、誰か……。ううん、それは違う。誰かなんて、違う。あなた、あなた、あなた。私はただ、あなたを求めている。こんなにもあなたを求めていて、こんなにもあなたでしかなくて、それでも、ここで蹲ったまま、何もしない私がいる。何もできないのではなく、何もしない。そんなところだけ、変に自分に厳しくて、そんなところだけ、変に頑固で、そうやって、自分で自分の首を絞めて、自分で自分の逃げ道を塞ぐ。そして、そんなふうに逃げようとする自分を責める。弱い自分を責めようとする。強くはないと分かっているくせに、暗くて狭い囲いの中に、自分自身を閉じ込める。ひとりで考えても何の答えも出せないくせに。ひとりでもがいても何も見出せないくせに。誰かに救いを求めることも、何かに縋りつくこともしない。

今さら　誰かに弱音を吐く勇気もなく
他人の視点を取り除けもせず
虚しさに蹲っているのは　誰のせい……

けれど、本当は分かっているのかもしれない。自分でも気づいているのかもしれない。誰かなんていないことも。誰かでは駄目なことも。もう誰にも、自分を委ねることなどできないことも。ここにしか、私がいないことも。外力ではどうにもならないことも。全てを悟ったふりをして、諦めたふりをして、こんな自分を誰のせいにして生きていくのか。今さら、あなたを求める、こんな私を……。

きっと、意味なんてない。私が、ここへ戻ることに、ここにいることに、ここから離れられないことに、きっと意味なんてない。意味なんて求めてはいけない。何も考えず、ただゆっくりと目を閉じて、ずっとずっと目を閉じて、見たくないものから目を逸らして、触れたくないものから遠ざかればいい。一歩、二歩、三歩……。もっともっと離れればいい。お気に入りの想い出だけを持って、その中に自分を沈めていたい。自分の傷がこれ以上深くならないように、これ以上増えないように、今はまだ、今だけはまだ、そうしていたい。この気持ちが、この痛みがほんの少しだけ和らぐまで……。もう少しだけ、ここでひとりこうしていたい。彼と過ごしたこの場所で、ひとり静かにあなたを想う。今日もまた、彼ではなく、あなたを想って、泣いている。どこかであなたは生きていて、どこかであなたは、笑っているかもしれないのに……。

私はあなたに感謝しています。あなたが私を恨んでいるとしても、憎んでいるとしても、もう二度と会いたくないと思っていたとしても、私はあなたに感謝していま す。きっと、ずっと感謝し続けます。私はずっと、あなたに対するこんな感謝をやめられないのでしょう。

決してあなたに届くことはないけれど。もう二度と、ふたり交わることはないけれど。私はあなたを、きっとずっと忘れられないでしょう。どんなに時がたっても、ふたりがどんなに離れていても、二度と会えないとしても。あなたはずっと、私の特別なひとだから。こんな方法でしか、私はあなたを愛せない。今でも、あなたを忘れられずに、未だにあなたを想っている。それは私のわがままで、あなたはそんな私を望んではいないでしょう。だから私は、こんな気持ちを、こんな自分を、伝えようなんて、届けようなんて、もう思わないから。これ以上なんて、もう欲張らないから。もう少しだけ、こんな私のわがままを、沈黙の中のこんな私を、そっと消していて欲しい。

私があなたを想い出す時は、いつもあなたの顔ではなく、まずあの丸く短い指先を想い出す。あなたがいつも、恥ずかしいと言って見せたがらなかった、あの不恰好な指を、私はこんなにも愛しい気持ちで真っ先に想い出す。私があなたを想い出す時はいつも、どんなに悲しみに沈んだ時も、どんなに涙を流した時も、結局、いつも最後にはこう思うのだった。「私は素敵なひとに巡り合えた。あなたは私のたったひとりだった」と。いつも最後にはこの大きくて柔らかな感覚に包まれる。それが全てなのだと思う。それが私の素直な気持ちなのだと思う。私はあなたから、こんなにもたくさんのものを貰った。そしてこれからもずっと、きっと何度も何度も、私はあなたからたくさんのものを貰い続けるだろう。あなたと私は離れている。それは紛れもない事実だけれど。もう二度と会えないかもしれないけれど。それでもきっと私は、目には見えない、形にはできない、たくさんのものを貰い続ける。

きっと、あなたに会えてよかった。目の前の事実、自分の中の気持ち、素直になれない自分。全てを受け入れることはとても難しい。私はそんなに大人ではない。けれど、今私の気持ちは少しだけ軽い。あなたを愛している自分を初めて受け入れた瞬間。

四角い再会

ダンボール箱に大方の荷物を入れ終えて辺りを見回すと、ますますこの八畳間が広く感じられた。とうとう私ひとり分の荷物もなくなったここは、とても冷たく無機質に見えた。今日まで私が寄り添い続けたこの場所を、こんなにも客観的に見つめる私がいる。何だか少しおかしかった。本当はもっと早くここを離れられたような気さえする。これもまた、少しの強がりだけれど、私は今日、この部屋を出る。忘れ物はないかと、最後の確認をする。この部屋を隅々まで見る、最後の時。

その時私は、亡くなった彼と三度目の再会をした。それは、四角く青い再会だった。懐かしい、彼の書いた文字。いつだって彼はこんなふうに私を驚かせる。

　この部屋を離れる君へ

君がこの手紙を見つけて読んでいるということは、何らかの形で僕が君より先にこの部屋を離れたということだろう。今、僕はこの部屋で君に手紙を書いている。きっと最初で最後の君への手紙を書いている。なぜだか無性に、今、君に手紙を書かなければという気持ちになって、こうやって慣れない手紙を書いている。なぜ急にこんな衝動に駆られているのか。自分でもうまく説明がつかないけれど、今書かないと後悔しそうな気がするから書いている。

君はどんな状況でこの手紙を読んでいるのか、今の僕には分からないけど、君はきっとこの部屋を離れる決心がついたんだね。僕は、君が荷造りをする時にこの手紙を見つけてくれるような場所に隠すつもりだから。僕が人一倍、自分の感情を口にしないということを、君はよく知っているだろう。君とけんかになると、僕はよく黙り込んでしまったし、自分から謝ろうとしなかった。そうするたびに君は、僕を理解できずに苛立ちを感じているようだった。ここを離れると決めた君は、そんな僕を憎んでいるかもしれない。先にここを出た僕を最後まで勝手な奴だと思っているかもしれない。そう思われても仕方ない。今日まで僕は君の優しさに甘えきってきたから。僕は君が本当に望むことを何ひとつしてやれなかったから。ただ、君の悲しい望みを叶えてやることしかできなかった。何も知らないふりをして、何にも気づかないふりをして、ただ忠実に君の予想する僕でいることしかできなかった。僕と同じに悲しい君を救ってやる術を、僕は知らないから。ふたり、近く平行でいることしかできなかった。君と僕は似過ぎていたのかもしれない。

君はいつも、どこか遠くを見つめていた。僕といても、君はいつもひとりだった。僕がひとりなのと同じように、君はどうしてもひとりだった。お互いただ、そこにいることしかできないふたりだった。いつまでも、平行で交わることのないふたりだった。そんなことに、ふたりはとっくに気づいてしまっていたね。

君は覚えているだろうか。あの日、君が、「理由なんてなくていい。ただふたりの気が向いたらまたここで会おう」と言ったことを。あの瞬間、僕は言いようのない安らぎに包まれた。君のあの言葉がどうしようもない僕の心を救ってくれた。君となら、互いの弱さを受け入れ合えるかもしれない。そう思った。それでも僕は、君を試し続けていたように思う。どんな自分であっても、無条件に受け入れられる場所を強く求め続けながら、そんな場所はどこにもあり得ないのだと、冷静な自分が期待してしまう自分をいつも嘲っていたから。

君を試し続けるうちに、与えられることにすっかり慣れてしまっていた。君は休まず僕に与え続けてくれていたのに……。それでも、ふたりはどうしても独りだったね。互いに、ここではないということに、もっとずっと前から気づいていたね。寂しさや虚しさを紛らわせても、ここではないと気づいていたね。お互いがお互いを必要としていても、ここには大事なものが足りていないと。そんなこと最初から分かっていた。自分の心から目を逸らすための「必要」だったね。けれど、言い出すことができなかった。互いに踏み出すことができなかった。現状を変えることをもうとっくに諦めていたのかもしれない。現状を変えてまで何かを得ることの意味が、もうずいぶんと分からなくなっていたから、考えることさえ避けてきた。生きることに対するそんな情熱は、もう自分にはないと言い訳してきた。いつまでたっても、そんなふたりだった。だから、最後くらい、僕が君の背中を押そう。僕が、ふたりの背中を押そう。それが今、僕にできる唯一のことだ。これを読む頃の君は、きっとこの意味を理解してくれるだろう。

僕はここを離れ、しばらくすれば闘病生活というものをしなければならなくなる。ひとり静かに時を過ごそうと思っている。その先のことは何も分からない。医者でさえ僕の命の行方が分からないのだから、無知な僕に分かるはずもない。今ここにいる僕はこんなにも自由であるのに、体は不思議なものだね。生きていることの意味など分からない。生きたいという強い衝動を感じることもない。けれど、この体が時間と共に不自由になるにつれ、僕も他と同じように「生きたい」と願うのだろうか。死の恐怖に襲われるのだろうか。そして、何かに縋りつきたくて仕方なくなるのかもしれない。そんなふうに苦しみや悲しみでしか生きていることを実感できないのかもしれない。そんな時にはきっと、君に電話をするだろう。そして、君の声を聞けば、少しほっとするだろう。

その頃にはもう、僕は君の前にいないだろう。それと同じように僕の前にも君がいない。もう二度と会うこともないだろう。それは、きっと少し悲しい。少し切ない。けれど、僕はもうどうしても、長くはいられないから。今ここを、君の元を離れよう。冷静な判断ができそうなうちに。君に縋りついてしまうその前に……。

僕たちは、こんなに分かり合えるのにね。こんなに寄り添っているのにね。ただひとつどうしても足りないものがある。ふたりしてそれに気づかないふりをしてみても、ただひとつのそれは、埋めることができなかった。だから今、僕が君の背中を押そう。僕が、ふたりの背中を押そう。僕が、今ここにいるうちに。この世界にいるうちに。僕から君へのささやかなプレゼント。最初で最後のわがままな思いやり。

愛することがどんなものなのか。僕には何ひとつ分からないけれど、今、これだけは言える。分からないのと、分かろうとしないのは全く違う。愛せないのと愛そうとしないのは全く違う。そして、伝わらないのと伝えようとしないのも同じに違う。僕と離れた後の君が、この手紙を読むまで、どんなふうに生きてきたのか。それもまた、何ひとつ分からないけれど、分かりたい誰かに、愛したい誰かに、巡り合っていればいいなと思う。伝えたい想いをそのままに伝えられる君でいてほしい。

そして、これから先、もっともっと貪欲に生きて欲しい。きっと、君ならできるから。君は、人を愛し得る人間だ。そして、愛され得る人間だ。

今までありがとう。

ここを出る君が自由でありますように……。


私は永い間、大きな勘違いをしていたようだ。彼は私のことをよく理解してくれていた。それなのに私は、そんな彼のことを何も分かっていなかった。


彼の手紙を読んだあと、私はしばらくほおづえをついたままだった。何分だったろうか、何時間だったろうか。気がつけば、私は携帯電話を手にしていた。

電話の向こうに聞き慣れた声。その声に触れただけで、私の張り詰めた心は一瞬で解けてしまう。気がつけば、私の頬を涙が伝っている。この涙は、怒りでも、悲しみでも、失望でもない。これまでここで流した、どんな涙とも違う。その涙は温かく、私の心は熱を帯びる。

それは、彼の声ではなく、他の誰の声でもない。ただあなたの声だった。それが、紛れもない私の答えだった。それが、今ここにある私の涙の答えだった。亡くなった彼が教えてくれた、私の心だった。見て見ぬふりをしても、見えてしまう。もうこれ以上、気づかぬふりをして、通り過ぎることなどできない。

ただ、「あなた」が紛れもない私の事実だった。

あなたとの再会

～まとまらない日々のために～

　久々に会ったあなたは、写真と同じ柔らかい笑顔を私にくれた。ただそれだけで、十分な気がした。目の前にいるあなたが、ただそれだけで愛しかった。満たされていく自分を強く強く感じて、もうこれ以上なんてないと思った。私は今日まで、ずっとこの笑顔が見たくて、見たくて仕方なかったから。あなたと離れてから今日まで、私がどんなふうに過ごしてきたのか。あなたに伝えたかった想い。あの日の言葉の、あの日の私の、本当の意味。今ここにある気持ち……。

　頭の中では、あなたへの言葉が次から次へと浮かんでは消えたけれど、あなたの笑顔を目にした私は、もうそれ以上望んではいけない気がした。あの日、あなたを酷く傷つけてしまったことを、何度も何度も謝ることしか、それくらいしか、私にはできないと。私には、許されないと。そう思った。

君が笑う　ただ　それが愛しいから
物事の優先は　いつだって　ぼやけてしまう
伝わっていると思った
けれど　その光は　すぐ　遥か　幻となった……

あなたを思いやるふりをして、私は結局、あの日と同じようにあなたから逃げてしまった。誰よりもあなたが愛しいのに、何よりもあなたを失いたくないのに。あなたを失えば、自分がどうなってしまうのか。あなたと離れて、もう十分に分かっているはずなのに。私はまた同じ失敗を繰り返してしまう。そして、あの日と同じように、いや、あの日以上に深く、後悔の中へと沈んでいく……。

自分のしてきたことに、自分が逃げてしまったことに、あなたの前で、こんなにも不自由な自分自身に、何度も何度も傷ついて、何度も何度も、後悔を繰り返す。そして、私の心は、深く深く沈んで、小さく小さくなっていく……。伝えたい言葉も話したい出来事も、全て真っ白になって、ただこのままの、この時間を、この気持ちを、目の前のあなたを、愛しく愛しく想った。

「あなたが愛しい」どうすれば、こんな私を伝えられるのだろう。私の中は、もうこれ以上なんてないくらいに、あなたへの想いで満ちているのに。私はそれを伝える術が分からなかった。あなたが愛しい。あなたが愛し過ぎる。けれど私は、また自信がなくて、また弱くなって、また怖くなって、また強いふりをする。

「私はひとりで大丈夫」

そう言ってしまう。心の中では、「こんな強がりの裏にある、本当の私に気づいて」なんて、いつも自分勝手な期待をして、私はあなたから目を逸らす。そして、私から目を逸らす……。

心が静まる瞬間
私は堪らなく不安になる
あなたもこんな感覚を　私に抱くのではないかという恐怖
「ひとりで平気」という強がりが少し真実に近づく瞬間

あなたが私から離れる道理

あなたに近づけば近づくほど、あなたを傷つけてしまう自分が怖かった。あなたに関われば関わるほど、あなたを苦しめる自分が悲しかった。あなたは私の笑顔の素なのに、私はいつでもあなたの傷や苦しみになる……。私はあなたの笑顔のために、幸せのために何ができるだろう。あなたを想うと、身動きができなくなる。遠く離れて、ただ静かにあなたを想うことしか、私にはできないのだろうか。

君のためにできること
私はいつでも　君の目になろうとした
遠く離れた私の目は　君になど　なり得ないのか
遠く離れた君の心は　私になど　届かないのか
生きたい　生きたい
私は君と生きていきたい

私は君を生きていきたい
愛したい　愛したい
私は君を愛していきたい
私は君と愛していきたい
こんな私と　ひとつになってはくれませんか

こんなにも、あなたを愛しているのに。こんなにも、あなたを想っているのに。あなたのために、何もできない私がいる。それでもあなたは、そんな私に、「待っていてね」と優しく言った。「もうこれ以上、自分の気持ちに嘘はつけない」、あなたは強くそう言った。私を真っ直ぐに見つめて、あなたは誰よりも優しく、誰よりも強くそう言った。そしてその言葉は、何よりも私に厳しかった。その言葉が、私の心にすうっと入ってきて、私はあなたに気づかされる。あなたにまた、嘘を吐こうとしている自分。そして、それでは駄目だと気づく自分。

今度こそ、今度こそは、愛しいあなたを、あなたを想う自分自身を信じようと思った。不安に負けることなく、待っていようと思った。そして、あなたの愛しさを知った今度こそはと、あなたを待った……。

私は黙って、あなたを待った。そして、あなたも私と同じように黙っていた。私はいつだって、大事な言葉が足りない。ふたりはいつだって、確かめ合うことが足りない。肝心な時にはいつも、目に見えぬ不安に負けてしまう。先に期待することを忘れてしまう。そんなふうに、ふたりは沈黙を持ったまま、離れた。あなたの「待っていてね」に答える言葉を忘れたまま、私は黙ってその言葉に応えた。その日から私は、あらゆることに必死になった。できる努力は全てした。弱音は吐かなかった。この苦しさの先には、「光」があると信じた。望む光とは違うとしても、いつかは「光」になると信じた。自分ならできる、自分のためだと強く信じた。光の先のあなたを夢見た。

けれど、しばらくたったふたりは、私の希望を粉々に打ち砕くふたりだった。

私はあなたがそんな顔をする理由が知りたかった。心を閉じたあなたの理由を知りたかった。気持ちを殺すあなたの理由を知りたかった。柔らかいあなたを、「待っていてね」と言った、あの真っ直ぐなあなたを取り戻して欲しかった。あなたを裏切った私は、今度こそ、あなたの一番の理解者であろうと、強く強くあなたを想った。あなたの強がりや戸惑いの言葉ではなく、あなたの言葉の奥にある、本当のあなたを分かりたかった。それは、私の勝手な思い上がり。そんなあなたを救えるのは、私しかいないと……。けれどそれは、私の勝手なひとりよがり。私があなたに与えるものはいつも、不安と、疑問と、苛立ちと、怒りと、歯痒さと、虚しさと、裏切りと、そんな顔でしかないのかもしれない。

最善を選んできたはずなのに
目の前に起こる事実は　いつでもそれを疑わせる
精一杯　努力してきたはずなのに
全てがそれを裏切っていく
この努力が実を結ばなくとも

努力した自分　それ自体に意義がある
不安になれば　いつも　そう言い聞かせた
負けそうな自分を　何度も奮い立たせた

あなたを思えば　どんなことも笑って乗り越えていける
あの日から私が　たったひとつ　信じられたこと
誰よりも強く頑張れたこと

初めて自分を受け入れた瞬間　堪らなく愛しい時間

けれど　この貪欲な感情は　あなたの前でめいっぱい手を広げる
あなたに抱きしめて欲しいと　そればかりを望んでいる
初めて自分を抱きしめた瞬間
そんな私をもう一度　あなたにも強く強く　抱きしめて欲しかった

あなたが心を開いてくれる時は　いつも　私が心を閉じてしまう時
私が心を開く頃は　いつも　あなたが心を閉じてしまった後
そして　あなたは　私の心の星になる　点になる　線になる……

気づくのが遅くてごめんね。伝えるのが遅くてごめんね。だからあの日、「今度こそ」って、「今度こそは」って、私は、あなたの前に立っていたんだよ。あなたに伝えようとしていたんだよ。届けようとしていたんだよ。あなたは、こんな私をいつだって理解できないのかもしれない。そしてあなたは、いつだってこんな私に疲れ果てるのかもしれない。

伝えることの勇気　届けることの危うさ
言葉は気持ちに追いつけない　言葉は気持ちを越えられない

真っ直ぐが最善で　最良で　最短だと思った頃
私はまだ　あなたから遠く離れたところにいた

そして、あなたは私ではない、もっと安らげるどこかを見つけたのかもしれない。私は、あなたの幸せを喜ばなければいけない。私にはあげられない、安らぎや平穏や軽さやそんなものが、そこにはたくさんあって、あなたがそれを求め、それを幸せと感じている。私はそれを喜ばないといけない。あなたが必要としているものは、私ではないと、早く認めないといけない。早く、あなたを理解しないといけない。あなたが幸せなら、もうそれ以上なんてないのかもしれない。あなたが笑っているなら、もうそれ以上なんてないのかもしれない。あなたの幸せが私の幸せで、あなたの喜びが私の喜びで、私はそれ以上何を求めるというのだろう。

私がしたことが許されないなら　仕方ない
他人の気持ちは　変えるためのものでなく

その主観が真実に近い
諦めがあれば　心はいっそう穏やかだろうか
頭と心は　ひとつとは限らない

あと少し、もう少しだから。きっと、もう少しすれば、何もなかったように、何ともなかったような顔をして、私はあなたの前から消えてなくなるから。きっと、もう少しだから。もう少しだけ、この心が落ち着くのを待って欲しい。もう少しだけ、この痛みが和らぐのを待って欲しい。

今日まで私が　選んできたこと　あなたにしたこと
自分の言動への責任
あなたの邪魔する私を　すべて消す時
いつだって　確かめることが足りない
それでも　誰よりもあなたが愛しかった

一瞬でも　愛してくれてありがとう
一度でも　許してくれてありがとう
それがいつでも　私の救いで支えでした
これが　最後のわがままで　最初の正直
私はずっと　あなたに感謝しています

さよならの後
あと少しだけ　あなたを愛したままでもいいですか……

今はまだ　ここでひとり　沈黙の時間を持つ

今朝、なんだかすっきりしている自分がいる。そんな自分の顔を見て、少しほっとする。悲しみに沈む日は永遠ではないのだと思えた。それと同じように、今あるこのすっきりとした感覚も、永遠ではないことを、私はとっくに知っていたけれど。時間が何かを解決してくれたのかもしれない。そう思える日もあるだろう。明日にはまた泣いているかもしれないけれど、今なら、いつかこの顔に会えそうな気がする。私はふと、いい出会いだったのだと思った。そして、少しだけあなたが幸せならいいなと思った。あなたの隣に私ではない誰かがいるとしても。あなたが私のことなどすっかり忘れているとしても。あなたが心から微笑んでいるなら、それでいいと思った。それが、あなたの心から望む幸せなら、私もそれを心から望めると思った。きっと、心はそんなに簡単ではないけれど。そんなに強くはいられないけれど。少しだけ、そう思った。

私は確かに、あの時あなたとの時を過ごした。それは、ひとりではなくふたりである喜び。ふたり繋がろうとする苦しみ。時間を経て、ひとりを経て、たくさんのことに気がつく。ああすべきだったと、たくさんの後悔が頭に浮かぶ。けれど同時に、あんなことがあったと、自然と微笑んでしまう時間も確かにある。それは紛れもなく、ふたりである喜びの証。あの時、私は確かにあなたを愛していて、あなたは確かに私を愛していた。気づくのに、時間がかかり過ぎたかもしれない。気づいた頃には、もう過去になっていたかもしれない。

近づくと見えてしまう距離がある。離れると見えてくる愛しさがある。ひとりでいるのは寂し過ぎる。誰かといるのは苦し過ぎる。息が詰まる……。そんな時、寄り添える存在。寄り添いたい存在。それがあなたで、あなたでしかなくて、それなのに私は、そんな簡単なことに気づけなかった。何もあなたに伝えられなかった。あんなにも愛しくて堪らなかったのに。いつの間にか、たくさんのことを求め過ぎていた。自分の感覚に鈍感になり、小さな喜びのひとつひとつに気づけなくなっていた。もうここには何もないと、あなたは何も与えてくれないと、そんな気になっていた。

目を瞑れば何も見なくて済む。見ないのは見えないのとは違う。見えるから見ないの。そう思っていた。見えないのもまたそうであるのに。後悔はいつでも、通り過ぎた後……。目に見える変化が、私を悩ませた。見えないということが、私を不安にさせた。それが私の言い訳だった。

あなたと別れて、あなたと離れて、初めてあなたを愛せたような気がする。もう二度とあなたに触れることがなくても、ふたり言葉を交わすことがなくても、あなたが私の知らないどこかで、本当に笑っているのなら、それだけで私はとても柔らかな気持ちになる。

今、やっとあなたを愛することができた。あなたに会って、あなたに触れて、あなたと離れて、今やっとあなたへの気持ちに気づいた。こんなにも穏やかな気持ちを、今ひとり、新しい部屋で抱いている。

きっと、私は泣いてしまう。またいつか、この新しい部屋の中でも、泣いてしまう。それは悲しさから？　寂しさから？　少しはそうかもしれない。けれど、その涙はいつも柔らかな気持ちを連れてきてくれる。あなたを想って涙することに、少しほっとする。私の中に、今でもあなたが生き続けていることに、また少しだけほっとする。前に進まなければいけないと、もうずっと思っているのに。その反面、私の中のあなたが薄れていくことを恐れている。もうずっと前から、「さよなら」の準備をしてきたはずなのに……。私は未だにあなたをこっそり隠し持っている。

全てを諦めようとしている頃。それらはまだこの手の中にある。諦めることへの義務感に苛まれている頃は、まだまだ諦めから遠い頃。けれど、時が流れ、いつしか腐心することを忘れ、日常を生きてしまうかもしれない。絶対に、永遠に、必要であり続けるものなどないのだろうか。少なくともあなたではないのだろうか。いつかそんなふうに思うかもしれない。今はまだ強がりでしかないけれど。あなたは、こんな私を理解できないのかもしれない。忘れ去っているのかもしれない。

どんなに求めても、掴めないものがある。どんなに願っても、叶わないことがある。求めることが、願うことが遅過ぎたのだろうか。方法がまずかったのだろうか。それは、何だか違う気がする。いつだって、最善を選ぼうとしていたはず。今ここにあるのは、受け止めるしかない事実。それは必然。それはとても自然なこと。それはとても自然なこと。けれどそれは、諦めではなく、無力でもなく、流されるということでもない。ただ、目の前の事実と向き合うということ。想いを殺さないということ。努力をするということ。正直であるということ。そんな感覚に、近ければいいなと思う。

幾つもの夜を越え、幾つもの涙を拭い、静かな時を経て、私は自分と対話する。何度も何度も、私は私と対話する。いつか自然に眠りから覚める日が来るだろう。その日まで、ゆっくりゆっくり眠っていればいい。力まなくていい。焦らなくていい。私は自分で思っているよりも、もっとずっと強いから。あなたはあなたが思っているよりも、もっとずっと強いから。

私と彼は近くにいることで、お互いを理解できたかもしれない。私とあなたは近づかないままに、お互いを分かろうとして、どんどん分からなくなっていく……。分からないなら、ひとりで考える前に、互いに聞けばいいのに。確かめ合えばいいのに。いつもひとりで考える。あなたはあの日、「私がどうしたいのか分からなかった」と言った。「ひとりでいいと言いきる君を、自分ばかりが分かろうとするのはたくさんだ」と言った。「僕の気持ちも分かってくれ」と言った。あの時、私も同じようなことを考えて、あなたの前に立っていた。相手がどう思っているのか、分からなくて苦しいなら、もっと相手に聞けばいいのに。私たち、そんな簡単なことさえできずに、いつも同じ失敗を繰り返す。他の人の気持ちや望みなら、冷静に手に取るように分かる気さえするのに。あなたのこととなると考えれば考えるほど分からなくなる。

　それでも分かりたくて、考えることをやめられなくて、動けなくなる。今度こそあなたに伝えなければと、感情だけで動いてみても、うまく伝える術も分からずに、あなたには届かない。ここにある気持ちをあなたに伝えようとする時はいつも、どんな言葉も気持ちを満たしてくれない。自分の中にあるもの全て、あなたに見せることができたら、あなたの中にあるもの全て、私が見ることができたら、私たちもっと分かり合えるのだろうか。あなただから、分かりたいのに。あなただから伝えたいのに。あなただから届けたいのに。何ひとつ分からない。伝わらない。届かない。あの他人のことなら分かるのに、伝わるのに、あの他人の声なら届くのに。どうして私たち、いつもこうなのだろう……。あなただから、私こんなに、こんなになるのに……。

　ごめんね。ごめんね。私はずっとあなたと一緒にいたかったよ。私はいつだって、どんな時だってあなたの隣にいたかったんだよ。でもそんなこと、無理だと思った。そんなことしたら、あなたが壊れてしまうと思ったから。だからずっと、言えなかった。あなたは、こんな私を理解できないのかもしれない。こんな私を忘れ去っているのかもしれない。ごめんね。本当にごめんね。ただ、あなたが愛しいから。遠く離れた今もなお、あなたを愛しく思うから。いつだって伝えきれないいんだね。いつだって、満たしきれないいんだね。けれど、私はそれでもよかった。きっと、あなたに会えてよかった。今でも、あなたに会いたいよ。それが、最後を意味するとしても、あなたの笑顔に会いたいから。最後のふたりは、笑顔であって欲しいから。

最後の時
黙ることを選んだあなたの理由
言葉を交わすことを求めた私の理由
どちらが別れに近かっただろう
どちらの痛みが深かっただろう
真実に寄り添っていたのは誰
私たちを終わりにしたのは何
私たちに最後が来たのはなぜ

黙ることを選んだあなたの理由
言葉を交わすことを求めた私の理由

期待をひと欠片も残さずに　今すぐここから出て行って
どうか今　あなたの口で真っ直ぐなサヨナラを……
どんな言葉よりも鋭利な無言
その残酷さをあなたは知らない
そして私は　こんなにもあなたを黙らせる
あの日の私の残酷を知る

今はもう、この言葉さえ、あなたに届くことはないけれど。あなたはもう、私を振り返らないけれど。再会の日、私は目の前のあなたが、ただそれだけで愛しかったから。私は、それ以上望んではいけないと思った。あなたの前に立つ時、私は誰よりも臆病になった。いつでも、心はあなたにしか向いていないのに、あなたにそれを悟られまいとして、心にもないことを言い、心にもないことをした。悟られて嫌われるのが怖かった。そして、そんな心の奥の、こんなサインに気づいて欲しいと、ただ黙って、あなたに求めていた。あなたなら、分かってくれるはずだなんて、自分勝手な私がいた。

私の中にはいつも、いくつもの心があった。踏み込みたい。踏み込めない。触れていたい。触れられない。愛しい。けれど、あなたが怖い。あなたの言葉が誰よりも怖い。あなたの隣が苦しい……。言葉には表しきれない、形容しがたい、幾つもの心。あなたに伝えたい。伝えきれない。分かりたい。分かって欲しい。そう思えば思うほどに、表現することがますます難しくなる。気持ちを言葉にするたびに、言葉にならない気持ちが増えて、伝えきれない気持ちが増えていく。いつだって、自分の気持ちを持て余してしまう。吐き出そうとすれば喉につかえ、飲み込もうとすれば押し出ようとする。心を閉ざしきることもできないままに、自分に蓋をして、目を瞑り、透明になろうとする。けれど、そうした先には何もないと、とうに気づいている。もう遅過ぎる、私にはできない、と悟ったふりをするしかないのだろうか。

そうやって、私は逃げるのかもしれない。そうやって、自分を守るのかもしれない。ふたりに起きた全てのことに言い訳をして。私は私の中に浮かんでは消えて、時間と共に形を変えて、それでも、止め処なく湧き続けるあなたへの想いを、あなたに伝えることもなく、仕方ないね、と逃げ続けている。いつまでたってもあなたを想い出にできない自分を感じているくせに、その想いを、その気持ちを、見て見ぬふりするように、諦めのよい、大人のふりをする。

そして　ひとり　この涙が欲張りでないことを願う……

あなたは、こんな私を理解できないのかもしれない。こんな私を忘れ去っているのかもしれない。けれど、私はそれでもよかった。きっと、あなたに会えてよかった。私はあなたを愛しているから。それは、過去でもなく、未来でもなく、後戻りでもなく、ただ、今日もあなたを愛しているということ。今でも、あなたが愛しいということ。

期待も　希望も　執着も
あらゆる激情を忘れかけた頃
あなたは突然やってきた
それは紛れもない恵雨
ずっと待ち続けた恵雨……
けれど　その潤いに辟易する
そして　あなたは私を振り切る

これが、永遠に片想いだとしても。私はもう二度と、この気持ちを殺したりしない。もしも、この記憶が、この想いが、思い出になるなら、殺さずとも、いつか自然に消えるだろうから。もう二度と、無理に殺したりしない。

あんなにも酷いサヨナラの後に

信じられない再会があって
夢のような事実をあなたが告げた

こんなにも酷いさよならの今
またいつか　夢が現実になるのではないかと思う

これから先　起こるはずもないデジャビュ
私はずっと待ち続けてしまう……
今はまだ　いつかあなたに会えますように　と
いつか隣に　あなたを感じられますように　と
私はひとり　沈黙の時間を持つ

今日まで私が選んできたこと　あなたにしたこと

自分の言動への責任

いつだって　確かめることが足りない
それでも　誰よりもあなたが愛しかった

一瞬でも　愛してくれてありがとう
一度でも　許してくれてありがとう
それがいつでも　私の救いで支えでした

これが最後のわがままで　最初の正直

私はずっと　あなたに感謝しています

さよならの後　あと少しだけ

あなたを愛したままでもいいですか……
そしてもう一度だけ、あなたに向かってもいいですか……

エピローグ

結局私は、この話をハッピーエンドで終わらせられなかった。できることなら、誰もが疑わないほどの幸せな結末を書き終えたかったけれど、それはどこか違う気がする。

夢物語なら他にいくらでもある。それは、多くのひとがそんな物語を求めているという事実だろう。けれど、私たちの前にある現実は、いつでもそれに倣ってくれない。そのたびに、諦めに似た感情を抱き、自分という存在に嫌気がさし、物事に予防線を張る必要性を強く感じる。そして投げやりな気持ちが増えていく。それでも、私たちは当たり前のように、生きなければならない。どうせ生きるなら、自分に正直に、貪欲に生きてもいいのではないか。無理に期待しなくていいのと同じように、無理に全てを諦める必要もない。

根拠のない自信が　私を突き動かす
自信のない私が　それでも行けと背中を押す
やれることは　まだ　残っている
諦められないのは　そのせいでしょう
黙っていても　耐えていても
その裏側の責任を取れますか
過去を後悔しているのなら
自分の心に寄り添って
責任の取れる選択をしようか

この本を手にしているあなたは今、どの地点にいるのでしょう？　これを書き終えた私は、どこへと向かうのでしょう？　これを書いている私には、その答えが分かりません。そして私はあなたに、現実と切り離された夢を与えることはできません。あなたの明日を変えることはできません。けれどここから、言葉にならないあなたの気持ちを掬《すく》い取っていただけたらと思います。どうか、あなたの声に耳を傾けてあげてください。そして、責任のとれる道を、自分で選びとってください。それは、正しさではなく、あなたらしさでありますように……。あなただけの幸せのカタチを見出されることを願います。

だから今はまだ、ハッピーエンドにはしない。あなたがそれを体感しない限り、それはあなたの偽りになるから。今はまだ、「強く想えば願いは叶う」なんて言えない。

そして、今はただ、「この想いがいつか、あのひとに届きますように」と願う。けれど、「あのひとを忘れられた」なんて言えない。

「これを読むあなたの想いがいつか、あなたのあのひとに届きますように」と願う。

そう、強く強く願う。

この沈黙の先の選択を、私はもう間違えたりしない。

こんなところで　何をしているの?

たまに　そんな気持ちになる
あなたがいれば……
まだ　こんな気持ちがある
それでも　あすも大して変わらないでしょう
目を瞑っているうちは
いつでも　ずっと　そうでしょう
このままじゃ　そのまま
それでいいなら　もう何も言わない
私はよくないから　もう一度いってきます

私は、行きます。もう一度、あのひとの元へ。
私を強く握りしめて、今度こそ、あのひとの元へ。

あなたのその沈黙が、いつかあなたの証になりますように……。

これから起こる人生の続きを　まだ知ることはできない
また泣いているかもしれない
すべてが嫌になって　ボロボロになるかもしれない
それでも私は　この扉を開けたんだから
これから起こる人生の続きを見届けにいく
十分にもがいたら
「これ以上落ちるところなんてない」と開き直って
十二分に立ち直ってみせる
そして心から笑ってみせる

著者プロフィール
水木 しおん（みずき しおん）
1983年（昭和58）、兵庫県生まれ。

想い出はいつも悲しい顔

2005年 3 月15日　初版第 1 刷発行

著　者　水木 しおん
発行者　瓜谷 綱延
発行所　株式会社文芸社
〒160-0022　東京都新宿区新宿1－10－1
電話　03-5369-3060（編集）
03-5369-2299（販売）

印刷所　株式会社エーヴィスシステムズ

ISBN4-8355-8651-4